Andreas Wagner
Herbstblut

PIPER

Zu diesem Buch

Nach einer gescheiterten Beziehung und von seinem neuen Chef aus seiner Position bei der Polizei in Dortmund vertrieben – so kommt Paul Kendzierski mitten in der Weinlese als neuer Bezirkspolizist zur Verbandsgemeindeverwaltung nach Nieder-Olm. Der gebürtige Sauerländer ist eingefleischter Biertrinker und fühlt sich in Rheinhessen ziemlich fremd. Kein Wunder also, dass er den grausamen Tod des polnischen Saisonarbeiters Jozef in einem Essenheimer Weingut zu seinem persönlichen Fall macht. Dabei geht ihn das Ganze eigentlich nichts an, denn zuständig ist die Mainzer Kripo. Und für die ist es ein bedauerlicher Gärunfall, wie er immer wieder bei der Kellerarbeit vorkommt. Doch Kendzierski glaubt nicht an Zufälle ... Der Essenheimer Winzer Andreas Wagner erzählt in seinem spannenden Debütkrimi von einem Fall, der neben Paul Kendzierski noch einen zweiten Helden hat: den Wein!

Andreas Wagner, geboren 1974 in Mainz, studierte Geschichte und Politikwissenschaft in Leipzig, wo er auch promovierte. An den Universitäten in Leipzig und Mainz forschte er zu Weinbaugeschichte und Weinbaupolitik und führt als Winzer zusammen mit seinem Bruder das Weingut Wagner in Essenheim bei Mainz, wo er mit seiner Familie lebt. Er ist Mitglied in mehreren Jurys, seine Weine wurden mit zahlreichen Auszeichnungen bedacht. Nach »Herbstblut«, »Abgefüllt«, »Gebrannt«, »Letzter Abstich« und »Hochzeitswein« erschien zuletzt der sechste Krimi um Paul Kendzierski, »Schlachtfest«.

www.wagner-wein.de

Andreas Wagner

Herbstblut

Ein Wein-Krimi

Piper München Zürich

Mehr über unsere Autoren und Bücher:
www.piper.de

Von Andreas Wagner liegen bei Piper vor:
Herbstblut
Abgefüllt
Gebrannt

Die Handlung und alle Personen sind völlig frei erfunden;
Ähnlichkeiten wären rein zufällig.

MIX
Papier aus verantwortungsvollen Quellen
FSC® C083411
FSC www.fsc.org

Ungekürzte Taschenbuchausgabe
Piper Verlag GmbH, München
1. Auflage Oktober 2009
7. Auflage März 2014

Umschlaggestaltung: semper smile, München
Umschlagfoto: Sven Paustian
Satz: Leinpfad Verlag, Ingelheim
Gesetzt aus der Adobe Garamond
Papier: Holmen Paper, Hallstavik, Schweden
Druck und Bindung: CPI books GmbH, Leck
Printed in Germany ISBN 978-3-492-25438-0

Für Nina, Phillip, Hanna und Fabian.

1

Du gehst nach oben. Die Leiter hoch. Und ziehst den Hebel, feste. Wie gestern auch. Hast du mich verstanden?"

Zum zweiten Mal schon füllten sie heute die Kelter. Es war Anfang Oktober und die Weinlese war in vollem Gang. Kein schlechter Jahrgang, wie Bach seinen Kunden erzählte. Viel Sonne gab's übers Jahr und auch mal wieder ausreichend Wasser, jetzt muss es nur noch die nächsten beiden Wochen einigermaßen stabil bleiben, damit sie alles einfahren können. Bisher war die Lese glatt gelaufen. Probleme waren keine aufgetaucht. Die wichtigsten Geräte, vor allem die Kelter und die Kühlung der Weinfässer, hielten. In den kommenden Tagen würden sie in die heiße Phase der diesjährigen Ernte eintreten. Bis dahin mussten die Maischebehälter, in denen die Rotweine vergoren, wieder frei sein. Die frühen Sorten mussten nach einer Woche Platz machen für den Spätburgunder.

Der war Bachs Liebling und nach Meinung der Weinkritiker seine Spezialität. Auch wenn er selbst nicht viel von diesen Leuten hielt, die kostenlose Probeflaschen anforderten und sich dann über seine Weine ereiferten. Die meisten hatten wenig Ahnung und kein wirkliches Interesse an seinen Weinen. Die verkaufen sich selbst und nicht seinen Wein. Eigentlich verachtete er diese Leute und fühlte sich gehemmt, wenn sie auf seinen Hof nach Essenheim kamen. Wenn er nach wenigen Minuten auf ihre Fragen nur noch störrisch mit ja und nein antwortete, so war das genau genommen der Normalzustand. Sie machten dann daraus ohnehin, was sie wollten. „Am Wochenende waren wir bei Karl Bach in Rheinhessen und durften seine neuen Spätburgunder testen. Was dem so sympathisch zurückhaltenden Rheinhessen mit dem neuen Jahrgang gelungen ist, kann wohl nicht hoch genug gelobt werden. Die Spätburgunder waren durchweg von betörender Frucht und Intensität und zeigten, dass wir es mit einem sehr talentierten Rotweinmacher zu tun haben."

Bach wusste nicht, was er von solchen Dingen halten sollte. Er war zuletzt heilfroh gewesen, als der schwitzende Dicke mit dem Gesicht eines Zwanzigjährigen wieder vom Hof runter war.

„Mensch, worauf wartest du? Mach endlich!"

Noch immer war keine Bewegung in der großen Maischerutsche zu spüren, die von den mächtigen Gärbehältern im darüber liegenden Stockwerk hinunter zur Kelter führte. Für das Befüllen der Kelter mit dem halb vergorenen Saft und den Traubenschalen mussten zwei Sicherungsschrauben am Behälter aufgedreht werden. Danach konnte man das Türchen mit einigem Krafteinsatz langsam nach oben ziehen. Wenn sich etwas verkeilte, konnte das länger dauern und man musste dann zu zweit daran rütteln.

„Soll ich hochkommen oder schaffst du das? Gib doch mal einen Mucks von dir, damit ich weiß, was los ist, Petr!"

Bach wurde langsam ungehalten. Petr musste sich doch direkt über ihm befinden. Zumindest dann, wenn er versuchte, das Maischefass zu öffnen. Warum war denn gar nichts von ihm zu hören?

Um die vergorene Masse aus Saft, Schalen und Kernen nicht unnötigen Belastungen auszusetzen, hatte Bach vor einigen Jahren den Zwischenboden seiner Scheune, in der sich der große Kelterraum befand, verstärken lassen. Massige Stahlträger hatten sie eingezogen, über die gesamte Breite der Scheune und damit eine zweite Ebene geschaffen. Sie ermöglichte es Bach, die riesigen Bottiche, die er für seine Rotweine brauchte, unmittelbar über der Weinpresse zu positionieren. Fünf Edelstahlbehälter standen mittlerweile dort oben. Der größte fasste über zehntausend Liter. Mit leuchtenden Augen hatte er seiner Frau damals diese Neuerung präsentiert. Die Maische konnte jetzt direkt auf die Kelter rutschen und wurde nicht mehr von einer lauten Pumpe malträtiert. „Die alte Pumpe beschädigt mir die Kerne und die machen dann den Wein bitter. Du magst doch auch lieber die weichen Roten." Mit dieser Argumentation hatte er sogar seine Frau von der notwendigen Investition überzeugen können. Wenn er sie nicht hätte, dann würde er wahrscheinlich jeden Euro, den er verdiente, in seinen Keller stecken.

„Petr, jetzt mach' endlich." Bach brüllte die Worte heraus. Der Junge machte ihn noch wahnsinnig. „Gib doch endlich mal einen Ton von dir, damit ich weiß, woran es hängt."

Petr war aus Polen und zum ersten Mal bei der Weinlese im Einsatz. Er war groß und stark und bemüht. Aber eine Verständigung war mit ihm nur schwer möglich. Kaum ein Wort Deutsch konnte er und die Arbeiten waren ihm nach zwei Wochen immer noch nicht so richtig vertraut. „Ich komme hoch und bringe das Stemmeisen mit. Da hängen bestimmt ein paar Kerne dazwischen. Aber warte auf mich, damit wir hier nicht noch alles versauen!"

Langsam kletterte Bach von seiner Kelter herunter und griff nach dem alten Eisenrohr, das an der Wand genau für diesen Zweck bereit stand. Während der Weinlese konnte man nicht noch lange suchen. Mit ein paar Schritten hatte er den Kelterraum durchquert, um über eine alte Holzleiter die darüber liegende Etage mit den fünf Gärbehältern zu erreichen.

„Achtung, kommt", kam es ihm auf halbem Weg entgegen.

„Mann, warte, bis ich wieder unten bin, sonst läuft die Kelter über!"

Bach sprang, so schnell es ihm seine Gummistiefel ermöglichten, wieder nach unten. Mit ihm kam unten auch der erste Schwung roter Maische in der Kelter an. Bach stellte sich auf den Rand der unter der Kelter stehenden Saftwanne, um besser in die sich füllende Kelter blicken zu können. Er atmete tief durch und nahm den Duft der gärenden Maische in sich auf. Das war der Geruch des Herbstes. Reife Trauben, Gärung. Er liebte diese Zeit, trotz der Hektik und der brutalen Anspannung. Mit einem dumpfen Laut schlug ein schwerer Klumpen auf dem Boden der Kelter auf. Bach konnte eine Hand erkennen, die unter der nachschießenden Dornfelder-Maische verschwand.

„Stopp! Halt an!“, brüllte er. „Scheiße!“

2

Paul Kendzierski war gerade damit beschäftigt, sein Büro einzuräumen. Es war Freitag kurz vor zehn und er war neu hier. Neu in dieser Stadt, neu in diesem Job. Es war der Erste des Monats und sein Dienst begann heute. Er hätte die Stelle sicher auch erst am Montag antreten können, wenn er das gewollt hätte. Aber er hatte sich vorgenommen, seine neue Heimat über das Wochenende kennen zu lernen. In seiner alten hatte ihn nichts mehr gehalten.

Einrichten konnte man das, was er gerade machte, kaum nennen. In dem kleinen Raum der Verbandsgemeindeverwaltung Nieder-Olm, Blick in den dunklen und verdreckten Hinterhof, fühlte er sich nicht wirklich wohl und hatte daher für sich beschlossen, nichts als das Allernotwendigste aufzustellen. Da der Computer auf dem schräg zum Fenster stehenden Schreibtisch bereits lief und einige gebrauchte leere Ordner schon vor seinem Eintreffen ihren Weg in das Wandregal gefunden hatten, wollte er es eigentlich dabei belassen.

Die mit Schwung aufgestoßene Tür ließ ihn zusammenzucken. Er hatte das Klopfen sicher überhört. So tief war er in seine Gedanken versunken gewesen.

„Lieber Kendzierski, ich darf Sie recht herzlich hier bei uns in Rheinhessen begrüßen. Wir als kleine Verbandsgemeinde, die acht Kommunen betreut, sind natürlich sehr erfreut, dass wir mit Ihnen einen so erfahrenen Mann gewinnen konnten. Auch wenn Ihre neue Aufgabe kaum mit Ihren bisherigen Tätigkeiten vergleichbar sein dürfte, so kann ich mir doch lebhaft vorstellen, dass Sie gerade im Neuen eine echte Herausforderung erkennen können. Lieber Kendzierski, ich darf Ihnen noch einmal, auch im Namen aller Mitarbeiter – wir sind über hundert – ein herzliches Willkommen aussprechen." Kurzes Schweigen. Der andere kam noch einen Schritt näher und nickte ihm wohlwollend zu. „Mein lieber Mann, wenn alle Ihre Arbeitsdisziplin hätten. Mein Lob, dass Sie schon heute hier sind. Nutzen Sie das Wochenende. Schauen Sie sich um in unseren Landgemeinden. Es gibt hier so viel zu entdecken. Jedes Dorf hat seinen ganz eigenen Charme. Wir sind sehr stolz auf unsere Heimat."

Danach herrschte Schweigen. Vor Kendzierski, der mit seinen gut 1,80 nicht wirklich groß war, stand ein knapp zwei Köpfe kleinerer Mittfünfziger und schaute milde lächelnd und erwartungsvoll zu ihm hoch. Er war mit seinem beigefarbenen Anzug richtig ordentlich gekleidet. Die Krawatte leuchtete in hellem Rosa. Kendzierski hätte so etwas nie angezogen. Mit seinen kurzen dunkelblonden Haaren würde er dann sicher wie ein Schweinchen aussehen.

Er liebte seine Jeans. In zwei Farbvarianten: die blauen für

Tage wie den heutigen, Schwarz für besondere Anlässe. Den Anzug nur für den äußersten Notfall. Dazu trug er eigentlich immer ein Hemd, das für die notwendige Abwechslung zu sorgen hatte. Heute in dunklem Blau. An kühlen Tagen kam darüber einer seiner zwei dunklen Wollpullover mit V-Ausschnitt. Die hatte er gerne, da sie seinen leichten Bauchansatz fast vollständig verschwinden ließen. An ihm und den ersten lichten Stellen auf seinem Kopf merkte er, dass es nicht mehr weit war bis zur 40. Irgendwann musste er mit seinem Vorsatz brechen, ein sportfreies Leben zu führen, um zumindest das eine Problem im Zaum zu halten. Nur eine rosa Krawatte würde er nie anziehen. Ganz bestimmt nicht. An rosa Krawatten konnte man die Männer erkennen, deren tägliches Aussehen von den Einkäufen ihrer Ehefrauen bestimmt wurde. Eine rosa Krawatte würde kein Mann eigenhändig einkaufen. Da war er sich ganz sicher.

Der, auf den Kendzierski hinunterblickte, schien einer von dieser Gattung zu sein.

Am Klang der Stimme und am Dialekt, den er noch von den vielen Telefonaten in Erinnerung hatte, erkannte er den hauptamtlichen Bürgermeister Ludwig-Otto Erbes. Dieser hatte sich vor ihm aufgebaut und fuchtelnd seine kleine Begrüßungsansprache gehalten. Er war wohl schon länger hier in dieser Verwaltung, in diesem Gebäude, mit ihm ergraut. Das Hochdeutsch schien Erbes einige Mühe zu bereiten. So sprach er wohl sehr selten. Nur mit ihm, dem Neuen hier. Per Telefon hatten sie über seine Bewerbung auf die ausgeschriebene Stelle als Bezirkspolizeibeamter verhandelt und Kendzierski hatte sich danach amüsiert zurückgelehnt und genüsslich versucht, den breiten Dialekt nachzuahmen. Sein damaliger Bürokollege im Dortmunder Stadthaus hatte vor Lachen Tränen in den Augen gehabt, als Kendzierski Erbes spielte. Kendzierskis bester – „Liebä Kendsiäke, mir Roihässe sinn andäsdär" – hatte es innerhalb kürzester Zeit zum erfolgreichsten Flurwitz der letzten Jahre gebracht.

Darüber hatte Kendzierski zumindest gut lachen können.

Wenn er aber an die Art und Weise dachte, wie sein nicht ganz freiwilliger Wechsel von Dortmund in die rheinhessische Provinz zustande gekommen war, verfinsterte sich seine Miene in Sekundenschnelle. Sein Dortmunder Vorgesetzter, ein junger dynamischer Jurist, wie ihn nur die Verwaltung hervorbrachte, mit Parteibuch und reichlich Ehrgeiz für den Weg nach oben, hatte diesen systematisch vorbereitet. Ihr Verhältnis hatte sich seit dem Amtsantritt des Jungjuristen Schritt für Schritt verschlechtert, bis eines Morgens ein ganzes Bündel Stellenausschreibungen auf seinem Schreibtisch lag. Fein säuberlich hatte da einer für ihn gesammelt. Möglichst weit entfernt. In Bezirken, von denen er noch nie etwas gehört hatte. Seinen Widerstand gab Kendzierski dann schnell auf. „Kendzierski, Sie gehen freiwillig, das weiß ich ganz bestimmt. Ich habe die Rückendeckung des OB für alles Weitere. Aber das wollen wir doch beide nicht."

So war er nach Rheinhessen gegangen, in eine Stadt, die mit ihren knapp neuntausend Einwohnern kaum mehr Charme auf ihn ausstrahlte als das Nest im Sauerland, aus dem er vor zwanzig Jahren nach Dortmund gekommen war. Nach dem Abitur hatte er dort seine Ausbildung bei der Polizei begonnen und war der Stadt immer treu geblieben. Bis zu seinem 39. Lebensjahr. Naja, in einer Stadt war er jetzt zumindest wieder gelandet. Wenn auch nur in einer Stadt in Miniaturausführung. Kendzierski musste lächeln. Die Größe des Bürgermeisters passte dazu. Alles ist hier eben kleiner.

Unter den erwartungsvollen Blicken von Erbes hatte Kendzierski sich genötigt gefühlt, einige der Dinge, die sich in der braunen Umzugskiste befanden, auf seinen neuen Schreibtisch zu räumen. Er hatte keine Lust, sich mit ihm zu unterhalten und so zu tun, als sei Nieder-Olm schon immer der Traum für seine nächsten zwanzig Arbeitsjahre gewesen.

„Ja, danke." Mehr fiel ihm in dieser Situation nicht ein und offensichtlich war auch nicht viel mehr von ihm erwartet worden.

„Kommen Sie doch einfach später noch zu mir. Wenn Sie Ihr neues Büro fertig eingeräumt haben. Wir besprechen dann mit dem Dezernenten genau Ihre Einsatzgebiete. Sie sind für alle acht Kommunen zuständig. Das bringt Ihnen viel Abwechslung."

Die Tür war zu und Kendzierski konnte durchatmen. Ob es Erbes aufgefallen war, dass er bei den letzten Sätzen nur noch unter äußerster Kraftanstrengung beim Hochdeutsch geblieben war? „Komme Sie doch einfach spädä noch zu miä", sprach er halblaut vor sich hin und versuchte das hektische Armfuchteln Erbes auch noch zu imitieren. Es war zu verlockend. Diese Sprache, mit ihrer singenden Melodie. Er würde höllisch aufpassen müssen, um dem Bürgermeister nicht irgendwann einmal mit dem lang gezogenen „ä" zu antworten. „Abber sichä, gärne."

Er schüttelte den Kopf. Wie unwirklich war doch diese ganze Situation – seine Situation. Von Dortmund nach Nieder-Olm, von der Abteilung Verkehrsangelegenheiten einer Großstadt zur Leitung derselben in einem kleinen Städtchen und den umliegenden Dörfern, vom Kollegen zum Einzelkämpfer. Das war vielleicht der einzige Lichtblick, den man mit sehr viel gutem Willen erahnen konnte. Er würde sein eigener Herr sein, zumindest dann, wenn er draußen unterwegs war, Baustellen besuchte, geänderte Verkehrsführungen überwachte oder falsch parkende Fahrzeuge abschleppen ließ.

Das war seine Aufgabe als Bezirksbeamter. Nicht wirklich spannende Aussichten. Aber er hoffte darauf, endlich seine Ruhe zu haben. Er unterstand dem Polizeipräsidenten in Mainz und war zur Verwaltung hier abgeordnet. Aus Mainz kamen seine Anweisungen, Erbes hatte ihm eigentlich nichts zu sagen. Das müsste ihm genügend Freiräume eröffnen.

„Kendzierski, Sie müssen sofort nach Essenheim hoch. Da soll ein Toter sein, im Weingut Bach. Bis die Mainzer Kollegen da sind, passen Sie dort auf, dass keiner etwas anrührt. Die machen den Rest dann schon. Dass die auch mit ihren gärenden Kellern nicht vorsichtig umgehen können! Wir haben hier sonst keinen, der das machen könnte. Es wird bestimmt nicht lange dauern, bis die Mainzer Kripo da ist. Sie können dann sofort wieder weg."

Erbes stand mit hochrotem Kopf vor ihm. Er schien die zwei Etagen zu ihm heraufgerannt zu sein.

3

Für die fünf Kilometer nach Essenheim brauchte er knapp zehn Minuten. In dem am Hang klebenden Dorf, das von Weinbergen umschlossen wurde, musste er einmal nachfragen.

Die alte Frau, die er auf der Straße ansprach, beäugte ihn misstrauisch. „Was wollen Sie denn da? Wein kaufen?" Und als er darauf nichts antwortete, sondern langsam seine Seitenscheibe wieder hoch kurbelte: „Und dafür kommen Sie extra aus Dortmund hierher?"

Wenig später signalisierte ihm ein großes weißes Schild, dass er auf dem richtigen Weg war. Weingut Bach 300 Meter stand in roten geschwungenen Buchstaben darauf, Weinprobe, Weinverkauf.

Die Häuser standen wie Festungen entlang der Straße. Alle Hoftore, die er passierte, waren verschlossen, kein Blick ins Innere war zu erheischen. Er hatte Höfe wie im Sauerland erwartet, von weiten Wiesen, Weiden umgeben. Reihen alter Bäume säumten dort die kleinen Straßen, die zur Hofeinfahrt führten, wiesen den Weg. Aber hier wirkte alles verschlossen, abweisend.

Noch einmal ein Schild: Weingut Bach. Kendzierski bog ab und steuerte seinen Wagen zwischen zwei mächtigen Häusern hindurch. Er gelangte auf einen großen gepflasterten Innenhof. Zahlreiche Gebäude umschlossen ihn. Kendzierski trat fest auf die Bremse. Er fühlte sich gefangen, eingekreist von Mauern, von großen hellgelben Bruchsteinen. Er hatte keine Ahnung, wo er hin musste. Die beiden Häuser, zwischen denen er hindurch gefahren war, sahen eher nach Wohnhäusern aus. An beide schlossen sich rechtwinklig niedrigere Gebäude an. Links und rechts führten sie weiter bis zu einer riesigen Scheune.

Vor dem offenen Scheunentor standen zwei Männer, die ihn schweigend anblickten. Einer der beiden kam auf ihn zu. Er war vielleicht Ende vierzig, Anfang fünfzig, hatte lockiges dunkles Haar. Es stand ungeordnet auf seinem Kopf. An einigen Stellen schimmerte Grau durch. Sein Gesicht war gebräunt. Wie Farbspritzer leuchteten kleine rote Punkte auf seiner Haut. Er trug ein ausgewaschenes graues T-Shirt. Seine dunkle Jeans war dreckig und mit braunen und roten Flecken übersät.

„Wollen Sie Wein kaufen?"

„Nein, ich bin der neue Bezirkspolizist, Kendzierski."

„Ich bin Karl Bach. Sind Sie aus Dortmund?"

„Ja."

„Zwangsversetzt?"

„Nein, freiwillig und aus Liebe zu der Gegend hier."

Bach konnte sich ein Lächeln nicht verkneifen. „Kommen Sie mit, ich zeige Ihnen den Weg. Dort hinten in der Kelter liegt er."

Schweigend führte Bach Kendzierski durch die Scheune in den ganz hinten gelegenen Kelterraum. Mit jedem Schritt wurde es Kendzierski kühler. Die Luft war alkoholisch schwer. Erst langsam gewöhnten sich seine Augen an die dunklere Umgebung. Vor ihm zeichnete sich ein mannshohes Stahlungetüm ab, mit Schläuchen an beiden Enden mit dem Nirgendwo verbunden. Über der Öffnung der Kelter hing ein mächtiges Rohr. Es erinnerte ihn an eine Lüftungsanlage. Viereckig, aus Stahl.

Im Raum standen weitere Geräte und Gegenstände, mit denen er wenig anfangen konnte. Sein fragender Blick bewegte Bach zu keinen weiteren Erklärungen.

„Wo ist der Tote?"

„Der liegt in der Kelter."

Kendzierski beugte sich vorsichtig in Richtung der Öffnung, konnte aber nicht über den Rand schauen.

„Sie müssen sich auf den Rand der Saftwanne stellen, sonst sehen Sie gar nichts."

Kendzierski stellte sich vorsichtig auf den schmalen Rand der großen Stahlwanne, die den gesamten Raum unter der Kelter ausfüllte und in die immer wieder einzelne Tropfen fielen.

Vorsichtig näherte er sich der Öffnung. Einen Toten hatte er noch nie aus nächster Nähe gesehen. Diesen müsste er sich eigentlich gar nicht anschauen. Noch blieb Zeit, sich wegzudrehen und auf die Kollegen aus Mainz zu warten, die sich der Sache annehmen sollten. Die dunkle Öffnung der Kelter zog seinen Blick an. Nur einen kurzen Blick, nahm er sich vor.

„Da liegt er drin?"

„Er muss unter der Maische sein. Ich konnte den Behälter nicht so schnell wieder schließen."

Kendzierskis Blick blieb an dem hängen, was er durch die Öffnung sah. Eine rötlich schimmernde Masse. Ein Ganzes, das sich langsam in seine Einzelteile auflöste. Sein Blick begann rötlich verfärbte Stiele, zerquetschte Beeren, kleine Kerne einzufangen. Warmer Dunst stieg auf. Er versuchte sich gegen den Geruch zu wehren, wollte einatmen, ohne ihn wahrzunehmen. Das gelang ihm nicht. Er spürte Wärme, roch Alkohol, Wein, süßliche Gärung. Er glaubte, in ein geöffnetes Grab zu schauen. Der Sarg war hinabgelassen. Die Trauernden waren gegangen. Langsam wurde frische Erde aufgefüllt. Er spürte den Druck auf seiner Brust, den Druck der Erde, der Stiele, der zerquetschten Beeren und kleinen Kerne.

„Sind Sie der neue Nieder-Olmer?"

Kendzierski drehte sich ruckartig um. Er wäre beinahe vom Rand der Wanne gerutscht. Er blickte gegen das grelle Licht, das durch das geöffnete Scheunentor hereinfiel. Der ruhige Hof hatte sich verändert. Zwei Polizeiwagen standen da. Mehrere Personen kamen auf ihn zu. Langsam zeichneten sich ihre Gesichter vor dem hellen Hintergrund ab.

„Gerd Wolf. Wir sind von der Mainzer Kripo. Willkommen im rheinhessischen Hügelland." Mit einem Lächeln streckte er Kendzierski seine Hand entgegen. Wolf strahlte die Ruhe des erfahrenen Kripobeamten aus. Kendzierski schätzte ihn auf mindestens sechzig. Er war groß, wirkte sportlich. „Wir werden zwar wahrscheinlich wenig miteinander zu tun haben, aber kennen lernen wollte ich Sie trotzdem.

Hätte nicht gedacht, dass das so schnell möglich ist. Wer von Dortmund freiwillig hierher kommt. Das spricht sich herum. Sogar bis zu uns nach Mainz."

Wolf schien keine Antwort zu erwarten. Er wandte sich der Kelter zu. „Was ist passiert?"

„Ich habe die Kelter befüllt, von oben, aus dem Gärbehälter. Eine Hand habe ich gesehen, rot. Bevor ich die Tür oben zumachen konnte, war er weg, unter der Maische." Bachs Stimme war ganz rau.

„Wer ist der Tote?"

„Keine Ahnung."

„Keine Ahnung? Das ist Ihr Betrieb hier. Sie haben doch Helfer, Polen. Vermissen Sie jemanden?"

„Nein, wir haben einen Polen, der hat heute seinen freien Tag. Gesehen habe ich ihn noch nicht. Aber das ist meistens so. Der fährt nach Mainz, was weiß ich."

Wolf schien zu überlegen. „Gehen Sie und schauen Sie nach, wo Ihr polnischer Helfer ist. Halt, einen Moment noch. Wann haben Sie ihn zuletzt gesehen?"

„Gestern Abend. Ich glaube, wir waren gegen zehn mit der letzten Kelter fertig. Haben danach zusammen gegessen. Er ist dann in seine Wohnung. Guckt häufig Fernsehen. Das hört man ziemlich laut. Polnisches Programm haben wir hier. Ein paar Polen aus der Nachbarschaft kommen dann meistens noch vorbei."

„Könnte er danach noch einmal in den Keller gegangen sein?"

„Hoffentlich."

„Hoffentlich?"

„Ja, er schaut immer noch einmal vor dem Schlafengehen nach dem Rechten."

Wolfs fragender Blick ließ Bach fortfahren.

„Der Jozef kommt seit über zehn Jahren in die Weinlese. Der ist quasi mein Kellermeister. Er kennt alles, alle Abläufe. Der könnte das Keltern komplett selbst übernehmen. Dem macht das Spaß, hier zu stehen und zu sehen, wie aus den schönen Trauben, die wir dieses Jahr haben, ein guter Jahrgang wird. In der Nacht kontrolliert er immer noch mal, ob die Kühlung für den Weißwein noch läuft und ob bei den Rotweingärbehältern alles in Ordnung ist. Das mache ich auch noch mal, bevor ich ins Bett gehe. Wenn hier etwas schief läuft, ist die Arbeit eines ganzen Jahres hin und das weiß er."

„Schauen Sie mal nach, ob Sie ihn finden."

Bach verschwand in Richtung Hof.

„Ich tippe auf Gärunfall. Bietet einer mehr?"

Das Nicken der anderen Polizisten war eindeutig.

„Der wievielte in diesem Jahr?", hörte Kendzierski einen fragen.

„Es ist mein dritter Fall. Zwei Mal im Gärkeller. Die klassische Variante: Beide wollten nur schnell noch nachschauen, ob die Fässer nicht durch die heftige Gärung überlaufen. Ihre Frauen haben sie dann gefunden. Keine Lüftung im Keller und eine hektische Weinlese. Da denkt keiner mehr an das Kohlendioxid. Schnell ohnmächtig, schnell erstickt, eigentlich ein schöner Tod."

Wolf drehte sich um. Er suchte Kendzierski, der noch immer neben der Kelter stand. „Solche Todesfälle haben Sie in der Stadt wohl kaum, hab ich Recht?"

Kendzierski nickte. Er fühlte sich nicht wohl in dieser Situation. Die Routine um den Tod. Die geöffnete Kelter, aus der noch immer dampfend der süßliche Geruch der Gärgase aufstieg. Er hatte den Eindruck, dass auch die Kripo nicht so recht wusste, wie es nun weitergehen sollte. Keiner machte

Anstalten, sich des Leichnams in der Presse annehmen zu wollen. Stille.

„Wir warten, bis Bach zurück ist. Dann schauen wir, wie wir den Toten da rausbekommen. Ich meine, alles deutet auf einen Unfall hin. Da werden wir wohl einfach die Kelter nach unten drehen können, damit die Maische herausläuft. Was meint ihr?"

Allgemeines Nicken.

„Einer könnte mal nach oben gehen und sich die Öffnung des Maischebehälters anschauen. Ob da alles in Ordnung ist. Vorerst nichts anfassen. Wir müssen erst nach dem Toten sehen. Hat jemand den Arzt gesehen? Der müsste doch auch bald da sein. Der Rest baut hier eine ordentliche Beleuchtung auf, damit wir was sehen können."

Unter den Blicken Kendzierskis verwandelte sich der dunkle Kelterraum in eine ausgeleuchtete Bühne. Wolfs Kollegen stellten mehrere große Strahler auf, die alles mit gleißendem Licht durchfluteten. Kendzierski konnte mehr und mehr Dinge erkennen, die die Ecken des feuchten Raums ausfüllten. Zahlreiche Behältnisse in den verschiedensten Formen standen schräg hinter der Kelter. Zwei große grüne Bottiche waren ineinandergeschoben. Kleinere Wannen und eine große Zahl blauer Eimer lagen davor. Daneben lehnten an der Wand zwei große Mistgabeln und zwei an langen Holzstielen befestigte löchrige Bretter, die tiefrot eingefärbt waren.

Lautes Schnaufen kündigte Bach an. Der war gerannt. Außer Atem. Schnappte nach Luft. „Der Jozef ist nicht aufzufinden. Ich hoffe, der liegt nicht da drin. Dann kann ich die Weinlese vergessen. Für den finde ich so schnell keinen Ersatz."

„Herr Bach, können wir die Saftwanne herausziehen und dann die Kelter langsam drehen, um einen Teil der Maische herauslaufen zu lassen?", wurde er von Wolf unterbrochen.

Der schien – nach einem Blick auf seine Uhr – nun endlich weiterkommen zu wollen. Ein Hauch Ungeduld lag in seiner Stimme. Bach zog vorsichtig die Saftwanne mit der wabernden dunkelroten Flüssigkeit unter der Kelter heraus. Ein Kollege Wolfs half ihm dabei, alles bis hinaus auf den Hof zu schieben. Die beiden anderen Polizisten breiteten eine weiße Plane, die sie aus einem der Wagen geholt hatten, unter der Kelter aus. Wolf und Kendzierski standen als stille Beobachter dabei, jeder in seine eigenen Gedanken versunken.

„Drehen Sie die Kelter langsam mit der Öffnung nach unten. Sobald die Maische herauszulaufen beginnt, halten Sie an. Vielleicht kommen wir so an den Toten heran."

Bach ging an den großen Schaltkasten, der sich an der rechten Seite der Kelter befand und klappte eine Kunststoffverkleidung nach oben. Darunter befanden sich leuchtende Knöpfe, Schalter und verschiedene runde Anzeigen. Kendzierski konnte erkennen, wie Bach einen großen roten Knopf drückte und dann mit einem Hebelschalter die Kelter ruckartig in Bewegung setzte. Langsam setzte sich die rot verfärbte Stahlröhre in Gang. Die klaffende Öffnung drehte sich mit einer gleichmäßigen Bewegung vor Kendzierskis Augen. Einzelne rote Tropfen fielen auf die weiße Plane. Platschend schlug der erste Schwall der roten Masse auf. Rote Flüssigkeit begann nach vorne über den weißen Untergrund zu laufen und weiter über den grauen Betonboden zu ziehen. Lautlos ergoss sich mehr und mehr der Mischung aus Schalen, Kernen und gärendem Saft über den unter der Kelteröffnung heranwachsenden Haufen. Die Presse stand jetzt still. Der Maischestrom ebbte langsam ab. „Ich darf die Herren bitten."

Wolf bewegte sich in Richtung der Kelteröffnung und zog dabei seine Gummihandschuhe fest.

„Ich brauche Licht hier unten. Betz, holen Sie die große Taschenlampe aus dem Wagen. Metzler, machen Sie mir mit der Schaufel da ein wenig Platz unter der Öffnung. Wir müssen nachher ohnehin die Maische durchschauen. Der Maischehaufen muss da weg. So komme ich unmöglich in die Presse."

Mit der Lampe in der Hand schob sich Wolf vorsichtig unter die Kelter. „Ich kann hier noch nichts sehen."

Wolfs Stimme war nur gedämpft zu hören. Mit dem Oberkörper war er fast vollständig in der Öffnung der Stahlröhre verschwunden. Kaum hörbar floss schubweise mehr der roten Masse aus der Kelter hervor. „Hier ist noch viel zu viel Maische drin. Wenn ich die weiter herausschaufeln muss, dann bin ich bald betrunken." Wolfs Stimme war nun wieder klar zu vernehmen. Er schaute unter der Kelter hervor, rote Spritzer in seinem Gesicht.

„Bach, wir müssen da noch ein klein wenig weiterdrehen. Nur ein kleines Stück."

Nachdem Wolf langsam unter der Kelter hervorgekrochen war und sich neben Kendzierski aufgerichtet hatte, setzte Bach die Kelter mit einem leichten Ruck in Bewegung, um sie sofort wieder anzuhalten. Mit einem Schwung floss ein ganzer Strom roter Maische unter der Kelter hervor. Ein zerdrückter und dunkelrot verfärbter Hausschuh schwamm obenauf. Unter der weiterfließenden Maische konnte Kendzierski einen bläulich roten Fuß erkennen. Die nackten Zehen ragten aus dem Strom hervor.

Wolf zog den Körper unter der Kelter heraus. Der Mann war fast nackt. Ein zerfetztes Unterhemd und die Reste einer Jogginghose hingen an ihm. Seine Haut war bläulich-violett verfärbt, sein Körper mit dunklen Flecken übersät. Blutergüsse groß wie Handteller. An mehreren Stellen hatte seine

Haut Risse. Der Brustkorb war tief eingedrückt. Dort, wo Kendzierski die rechte Hand erwartete, war nur ein Stumpf zu sehen.

Im gleichen Moment wie Kendzierski wandte sich auch Bach von dem Toten ab. Ihre Blicke trafen sich. Kendzierski sah im Gesicht des Winzers Schrecken und Verzweiflung.

Schweigend verließen beide das Kelterhaus. Heraus an die frische Luft. Kendzierski spürte, dass es aus seinem Magen nach oben drängte. Er schluckte und stemmte sich dagegen. Er folgte Bach über den großen leeren Hof. Vor dem linken Wohnhaus stand unter einer alten Linde ein großer runder Tisch. Kendzierski musste sich setzen. Bach verschwand wortlos im Haus und kam nach einiger Zeit mit zwei Gläsern und einer Flasche Schnaps wieder. „Trinken Sie. Das hilft. Das ist ein Hefebrand." Bach goss beide Gläser voll und nahm einen großen Schluck. Schweigend saßen sie sich gegenüber. Die alte Holztür des Wohnhauses stand einen Spalt offen. Kendzierski konnte wenig erkennen. Sein Blick wanderte über die hellen Steinblöcke der Hauswand und blieb an einem großen Fenster hängen. Das Laub der Linde spiegelte sich in der Scheibe. Die Küche schien dahinter zu sein. Die sich bewegenden Blätter des Baumes ließen ihn die hellen Fronten der Schränke nur erahnen. Stand da jemand? Kendzierski erkannte deutlich ein Gesicht. Die schulterlangen dunklen Haare einer Frau. Glatte helle Haut. Sie hatte schmale Lippen, zarte Züge. Ihre Augen starrten in Richtung Scheune. Tränen rannen über ihre Wangen. Für einen kurzen Moment trafen sich ihre Blicke, dann war sie aus seinem Blickfeld verschwunden. Kendzierski nahm das schnaufende Atmen Bachs war.

„Als ich die Kelter gefüllt habe und das alles hier anfing, dachte ich zuerst, Mist, mein Dornfelder. Aber das, was jetzt daraus geworden ist, könnte nicht schlimmer sein. Der Jozef hat eine Familie zu Hause, die er mit dem Geld, das er hier verdient, ernährt. Eine Frau und einen zehnjährigen Jungen. In Polen können die Jungs doch kaum überleben. Alles ist teuer und verdienen können die da nichts. Entweder du lebst in Polen so wie vor zwanzig Jahren oder du kommst hierher und verdienst den Rest dazu. Das macht er seit über zehn Jahren. Immer wieder im Herbst während der Weinlese. Der kann achtzehn Stunden arbeiten. Total konzentriert und bei der Sache. Mit einer Umsicht und einer Ruhe, die mir voll und ganz fehlt. Wenn es hektisch wurde, dann war der Jozef der ruhende Pol. Ruhe bewahren, nachdenken, handeln. Innerhalb kürzester Zeit konnte der alle Arbeiten. Und ein Gefühl für alle Maschinen. Wenn etwas klemmte, dann hat er das repariert. In der Weinlese geht so viel kaputt. Die Geräte sind in dieser kurzen Zeit voll beansprucht, laufen am Limit. Da fällt andauernd mal etwas aus. Wenn du da auf einen Monteur warten willst, kannst du die Lese gleich beenden. Entweder du gehst da selbst ran oder die Ernte ist vorbei. Der Jozef hat alles wieder hinbekommen. Mit den einfachsten Mitteln. Jetzt ist er tot und ich stehe da. Eigentlich kann ich den Laden zumachen. Geschlossen. Ohne seine Hilfe komme ich kaum über den Herbst. Ich kann nicht gleichzeitig draußen im Weinberg Trauben rausschneiden und hier die Kelter befüllen und nach dem Rechten sehen. Und wer soll jetzt all das keltern, was unser Handlesetrupp über den Tag erntet? Ich kann mich doch nicht zerteilen. Das sind zehn Leute da draußen. Rentner, Studenten, Schüler. Nach denen muss andauernd jemand schauen, damit das alles klappt. Sonst sitzen die herum und machen gar nichts. Da steckst du so viel Arbeit in den Kram und dann bricht alles in einer Nacht zusammen."

Kendzierski und Bach saßen sich schweigend gegenüber. Die Sonne schien in den großen Innenhof und verbreitete eine angenehme Wärme, die durch die wohlig aufsteigende Wärme des Hefebrandes noch verstärkt wurde. Kendzierski fühlte sich müde. Seine Augen brannten. In seiner Nase saß noch immer der süßliche Geruch der Gärgase fest.

Ziellos fuhr er am nächsten Morgen herum. Samstag. Ein ganzes Wochenende lag vor ihm. Die Bilder in seinem Kopf wollte er loswerden. Er steuerte seinen Skoda aus Nieder-Olm hinaus. Steil ging es hinauf. Er hatte auf keines der Schilder geachtet. Die Unruhe, tief in ihm. In Polen war jetzt eine Witwe unterwegs. Unterwegs hierher. Den verstümmelten Leichnam ihres Mannes in Empfang zu nehmen. Schwer lagen die Gedanken auf ihm. Zwanzig Stunden im Bus hierher. Dieses Leid. Alles verloren, zerstört. In wenigen Sekunden. Erst über den Jozef, dann über sie gekommen. Wie musste es der Frau gehen, dem Kind?

Zornheim. Ein gelbes Ortsschild. Eine gerade Straße, neu gebaute Häuser. Jede Ortschaft hat hier ihren eigenen Charme. Er verstand Erbes. Fuhr weiter. Hinunter, vorbei an Weinstöcken. Unzählige überall. Der ganze Rücken des Hügels war bedeckt damit. Eine weite Sicht. Im Tal lagen Felder und Wiesen. Bäume. Er fuhr an einem großen Gutshof vorbei. Mächtige Bruchsteine bildeten die Mauern einer riesigen Scheune. Löcher im Dach. Er folgte der Landstraße weiter. Ein gelbes Schild wies die Richtung. Sörgenloch. Die Namen der Ortschaften klangen schon irgendwie kurios. Kurvenreich, schlängelnd zog sich die Straße an der Grenze zwischen Wiesen und Weinbergen entlang. In einer der Kurven bog er ab, in einen Feldweg. Er wollte spazieren gehen. Ruhe haben. Die Schlaglöcher rüttelten ihn und seinen Wagen kräftig durch. Mist, kurz aufgesetzt. Seinen Wagen stellte er ab. Der Feldweg ging hier ohnehin nicht mehr weiter. Alte Bäume markierten den Verlauf eines kleinen Flusses. Weite Wiesen, Schilf mannshoch. Nur die Vögel waren zu hören. Er ging einen schmalen Pfad entlang. Ein dünner farbiger Draht umspannte eine Schilffläche. Elektrozaun. Tief im hohen Schilf bewegte sich etwas, schwerfällig schnaubend. Da auch. Dort. Weiter. Zottelige Rindviecher tauchten auf. Klein und schwer. Mit geschwungenen Hörnern. Blonde Mähne vor den Augen. Sie gafften ihn kauend an und folgten ihm mit ihren Blicken. Er war hier wirklich auf dem Land. Das war seine neue Heimat. Den Sonntag würde er in Mainz verbringen müssen. Dortmund, die Stadt, das fehlte ihm.

Tod im Gärfass

Von Markus Schmahl

MAINZ. Die Serie der tragischen Unfälle in rheinhessischen Weingütern reißt in diesem Herbst nicht ab. Am Freitag starb ein polnischer Erntehelfer in Essenheim. Der 35-jährige Mann war kopfüber in einen Maischebehälter gestürzt. Die Polizei vermutet, dass er durch das aus dem Fass ausströmende Kohlendioxid das Bewusstsein verlor, während er sich über die große Öffnung beugte. Den Leichnam des Mannes entdeckte der Winzer erst nach etlichen Stunden. Auch wenn noch nicht alle Untersuchungen abgeschlossen sind, so geht die Mainzer Kripo dennoch davon aus, dass ein Fremdeinwirken auszuschließen ist. Der Todesfall in Essenheim ist damit der dritte in dieser Weinlesesaison. In Oppenheim und Alzey waren Anfang September zwei Winzer tot aufgefunden worden. Sie starben in ihren Gärkellern. Die Kripo Mainz und der rheinhessische Weinbauverband riefen unterdessen die Winzer auf, die Gefahren des gärenden Weines nicht zu unterschätzen. Gerade wenn, wie in diesem Jahr, viele Sorten zur gleichen Zeit geerntet würden, stellten die Keller eine große Gefahr dar. Diese könne man aber durch eine einfache elektrische Belüftung begrenzen. Ein Leitfaden, der verschiedene Vorsichtsmaßnahmen für die Arbeit im Gärkeller erläutert, kann beim rheinhessischen Weinbauverband angefordert werden oder direkt unter www.gaergase.de abgerufen werden.

4

Kendzierski legte die Zeitung beiseite. Die Bilder vom Freitag ließen ihn nicht los. Daran hatte auch das Wochenende nichts geändert. Zwei Tage waren vergangen, doch die Erinnerung war frisch. Die Ruhe, die Zeit, das hatte nicht wirklich geholfen. Der geschundene und verstümmelte Körper. Die bläulich verfärbte Haut. Die zerfetzte Kleidung.

Nachdem die Polizisten und der Gerichtsmediziner die Leiche und den Maischehaufen untersucht hatten, waren sie mit dem Winzer auf die über dem Kelterraum liegende Etage gestiegen, um sich den Gärbehälter zu betrachten. Wolf hatte ihn aufgefordert, mitzukommen. So etwas habe er doch noch nicht gesehen. Zuerst stiegen sie eine Leiter hinauf. Über eine Treppe ging es dann, vorbei an kleinen Holzfässern, zu fünf breiten Stahlbehältern. Sie waren rund und standen in einer langen Reihe. Am Ende lag eine riesige Stahlröhre, an der eine Leiter lehnte. Sie führte zu einer großen geöffneten Luke. Der mächtige Deckel war zur Seite geklappt. Während Wolf die Leiter hinaufgestiegen war, hatte Bach die Funktionsweise des Gärbehälters erklärt. Kendzierski hatte den Eindruck, er mache das nur für ihn. Das sei nun sein ältester Gärbehälter für rote Trauben. Früher habe man die gemaischten roten Trauben in großen Bottichen vergoren. Da habe man dann alle zwei bis drei Stunden die obenauf schwimmenden Schalen immer wieder in den gärenden Saft untertauchen müssen. Das sei eine richtig harte Arbeit gewesen, die Zeit gekostet habe und für die er sich häufig nachts den Wecker stellen musste. Dann habe man zum Glück diese Gärfässer erfunden. In der Stahlröhre befinde sich eine Welle, an der größere Platten befestigt seien. Man müsse sich das wie die Paddel eines Kanus vorstellen. Über einen Schaltkasten gesteuert, rührten diese die Maische alle zwei bis drei Stunden durch. Farbe und Aroma aus den Schalen könnten auf diese Weise besser durch den gärenden Saft ausgelaugt werden.

Kendzierski wurde es auch Tage später noch übel bei dem Gedanken an die sich drehende Welle, an die Paddel, die den toten Polen im Zweistundenrhythmus durch die rote Masse gezogen hatten.

Er war bald gegangen. Wahrscheinlich hatten sich Wolf und seine Kollegen danach köstlich über sein blasses Gesicht ausgelassen. Ihr Lachen hatte er noch im Weggehen gehört.

Kendzierski genoss die Ruhe in seinem Büro. Er schaute Anträge für Umleitungen durch, Straßensperrungen wegen Bauarbeiten und wegen eines Weinfestes. Da würde er nachher noch einmal vor Ort nachsehen müssen.

Einen Besuch von Erbes hatte er heute schon hinter sich; Erbes hatte ihm dazu geraten, alle strittigen Fragen mit dem jeweiligen Bürgermeister direkt zu klären. Dann lerne er die Leute so nach und nach auch persönlich kennen. Er hatte schon dazu angehoben, Kendzierski eine längere Ausführung über die Vorzüge des persönlichen Kontakts zwischen Verwaltung und Bevölkerung zu halten, als glücklicherweise das Telefon klingelte. Wolf war am Apparat und lud ihn für den Abend auf ein Glas Wein ein.

„Ich hole Sie im Büro ab. Sie sind mir noch eine Antwort schuldig. Ich will wissen, was Sie hierher verschlagen hat."

Kendzierski behielt den Telefonhörer weiter am Ohr und erzielte damit den gewünschten Erfolg. Erbes verließ leise den Raum. „Ja, natürlich, reichen Sie mir einfach einen formlosen Antrag ein. Ich schaue mir das dann an und komme bei Ihnen vorbei. Dann können wir die Details besprechen." Die Tür fiel hörbar ins Schloss.

Kendzierski legte den Hörer auf. Die Ruhe war zurück.

5

In seinem blauen Skoda verließ er den Parkplatz hinter dem Verwaltungsgebäude und fuhr gemächlich durch Nieder-Olm. Er kam an zwei Kirchen vorbei, die dicht nebeneinander standen. Kleine Häuser umgaben sie, kaum eines hatte mehr als zwei Stockwerke. Das sah alles so richtig nach Dorf aus. Dann ein kleiner Friseursalon.

Wenn man hier entlang fuhr, deutete wirklich nichts darauf hin, dass das der Verwaltungsmittelpunkt für acht Dörfer war. Für mehr als 30.000 Menschen. Das hatte ihm Erbes noch ganz stolz erzählt. „Herr Kendsiäke, miä sinn eine der größde Verbandsgemeinde im ganze Land." Wahrscheinlich war das das größte Problem der ganzen Verwaltung. Jeder Bürgermeister, jeder Dienststellenleiter hielt seine Kommune, seine Abteilung für die allerwichtigste. Da ähnelten sich Nieder-Olm und Dortmund doch sehr.

Als er die letzten Hallen des Gewerbeparks hinter sich gelassen hatte, atmete er tief durch. Die Sonne schien milde. Wie sanft wogende Wellen zogen Hügel an Kendzierski vorüber. Von den Hängen herunter verliefen schnurgerade die Rebzeilen, die in den Niederungen von Feldern und Wiesen abgelöst wurden. Eine einzelne Baumreihe begleitete ihn, schlängelte sich wie ein Band durch die Landschaft.

Eigentlich eine schöne Jahreszeit. An den Hängen färbte sich das erste Reblaub bunt ein. In den Weinbergen war Bewegung. Traktoren folgten den schmalen Feldwegen. Klein konnte Kendzierski immer wieder Menschen zwischen den Rebstöcken erkennen. Die Weinlese war in vollem Gange. Der erste Kreisverkehr, ein weiterer folgte. Daran merkte man, dass Frankreich nicht allzu fern war. Auf einer der Ausfahrten aus dem Rund las Kendzierski Essenheim und bog ab. Das Nest schien ihn anzuziehen. Wie zur Rechtfertigung murmelte er vor sich hin: „Nur mal kurz nachsehen, ob sich noch etwas ergeben hat."

Diesmal hatte er keine Probleme, das Weingut zu finden. Auf dem Weg zu Bach merkte er, dass heute etliche Hoftore offen standen. Zu den mächtigen alten Häusern gehörten große Innenhöfe. Dazwischen standen immer wieder kleinere Gehöfte. Sie wirkten im Vergleich dazu winzig. Heute sah das alles viel weniger abweisend aus. In den Höfen erkannte er große Blumenkübel, viele blühende Oleander.

Auf den Straßen war niemand zu sehen. War ihm überhaupt schon ein Auto begegnet, seit er das Ortsschild hinter sich gelassen hatte?

Monotones Pochen machte ihn darauf aufmerksam, dass

direkt hinter ihm eines fuhr, eigentlich fast in Kontakt mit seiner Stoßstange. Ein blauer Polo, glänzend metallic. Er war sicher nicht aus der neuesten Produktion, aber liebevoll umgestaltet und gepflegt. Der Lack, der Kühler in Chrom, alles blitzte und schien im Hämmern der Musikanlage zu vibrieren. Hinter dem Lenkrad hing ein Junge, der wild gestikulierte und schimpfte. Die Straße war hier ein wenig breiter. Kendzierski fuhr an die rechte Seite, um den Halbstarken vorbei zu lassen. Der hielt kurz neben ihm an, streckte ihm den Mittelfinger entgegen und brüllte:

„Mach dich vom Aggä, Aldä!"

Danach ließ er den Motor aufheulen und fuhr mit quietschenden Reifen davon. Kendzierski setzte seine Fahrt fort. Der würde ihm sicher bei der nächsten Geschwindigkeitskontrolle hier ins Netz gehen. Er freute sich schon darauf.

Langsam bog er in den Innenhof des Weingutes. Er wusste auch heute nicht so recht, wo er seinen Wagen abstellen sollte. Der Hof bot ausreichend Platz für zwanzig Autos. Er war leer. Aber rundherum hatten die Gebäude so viele Türen und größere Tore. Konnte er sich da einfach davor stellen? Er entschied sich, mitten im Hof anzuhalten. Das war wahrscheinlich der idiotischste Parkplatz. Jetzt versperrte er eigentlich alles. Jeder, der hinein in oder heraus aus dem Weingut wollte musste nun an ihm vorbei. Es würde ja nicht lange dauern. Er war nicht angemeldet und vielleicht war gar keiner da.

Das große Scheunentor war verschlossen. Er blickte sich um. Auch alle anderen Türen waren zu. Als er aus seinem Wagen ausstieg, öffnete sich die Haustür. Eine Frau kam unter der Linde hindurch auf ihn zu. Es war die Frau, die er am Freitag schon einmal gesehen hatte. Kendzierski erkannte die feinen Züge ihres Gesichtes sofort wieder. Sie hatte ihre schwarzen Haare zu einem Zopf geflochten. War das Bachs

Frau? Sie war blass. Bach hatte er die Arbeit an der frischen Luft angesehen, Ärmel hochkrempeln und ran. Bach passte in das Bild, dass er von einem Winzer hatte. Seine Frau aber war so gar nicht handfest, sondern fast zerbrechlich und wirkte in dieser Umgebung eher wie ein Fremdkörper. Er hatte sie am Freitag hinter der Fensterscheibe weinen gesehen. Da war er sich ganz sicher.

Fragend sah sie ihn an: „Kann ich Ihnen weiterhelfen?"

„Ich hätte noch ein paar Fragen an Ihren Mann."

„Der ist im Weinberg. Er schneidet faule Trauben heraus. Das ist seine Art und Weise, das Ganze zu bewältigen."

Sie seufzte.

Kendzierski verließ das Weingut wieder. Er folgte der Hauptstraße, die durch das Dorf verlief, und bog am Ortsausgang in einen kleinen Feldweg ein. Bachs Frau hatte ihm genau beschrieben, wie er zum Teufelspfad finden würde. Dort stand der Spätburgunder. Ein sonderbarer Name für einen alten Weinberg.

Bis direkt an den Weg waren die Reben gepflanzt. Kendzierski hatte das Gefühl, durch eine Allee zu fahren. An den Teufel erinnerte wirklich nichts. Vielleicht war er ja hier mal jemandem begegnet. Nach etlichen Gläsern Wein. Er musste schmunzeln. Seitlich stießen kleinere Pfade auf den Hauptweg. In einen bog er ab. Er hatte einige Mühe, auf der ausgefahrenen Piste voranzukommen. Immer wieder musste er tiefen Schlaglöchern ausweichen, die vom letzten Regen noch gut gefüllt waren. Nachdem er sich schon reichlich durchgerüttelt fühlte, konnte er in einer leichten Biegung des Weges einen kleinen Traktor erkennen.

Er hielt an und stieg aus. Langsam ging Kendzierski oben am Weinberg die Rebgassen entlang und suchte nach Bach.

Als er den Traktor erreicht hatte, konnte er unten am Ende der Rebzeile den Winzer erkennen. Bach schien ganz in seine Arbeit vertieft, spähte auf die grünen Blätter und die Trauben, die dahinter hingen. Schritt für Schritt arbeitete er sich weiter hinunter, schnitt mit einer Schere Trauben ab. Kendzierski sah, dass der Boden unter den Rebstöcken übersäht war mit kleinen blauen Beeren, ganzen Trauben, Blättern.

Bach hatte ihn noch immer nicht gesehen. Aus der Ferne wirkte es so, als ob er redete. Seine Lippen bewegten sich gleichmäßig.

Kendzierski sah einen Schrecken über Bachs Gesicht huschen, als dieser ihn erkannte. Er hörte Schritte im Gras, die sich schnell entfernten. Das war auf der anderen Seite der Rebzeile. Das Grün der Weinstöcke verstellte ihm die Sicht. Schnell war er an Bach vorbei und am Ende der engen Rebgasse. Er konnte gerade noch eine Person erkennen, die vom Weg abbog und in den nächsten Weinberg eintauchte. Kendzierski rannte bis zu der Stelle, an der der andere zwischen den Reben verschwunden war. Tief im Weinberg konnte er ihn erkennen. Die Entfernung war zu groß, er gab auf.

„Wer war das?"

„Keine Ahnung."

„Wollen Sie mich verarschen? Bach, wer war das?"

„Das geht Sie nichts an. Es hat nichts mit Ihnen zu tun. Der Mann ist schreckhaft. Also lassen Sie mich in Frieden. Ich habe hier genug zu tun. Und wie Sie ja wissen, bin ich jetzt hier draußen auf mich alleine gestellt. Lassen Sie mich einfach in Ruhe arbeiten. Der Spätburgunder muss heute fertig werden. Wenn es noch einmal reinregnet, breitet sich die Fäulnis rasend schnell aus."

„Bach, ich glaube Ihnen kein Wort. Ich bin jetzt vier Tage

hier und habe erst eine Hand voll Leuten kennen gelernt. Von denen muss keiner vor mir weglaufen. Bei Ihnen lag am Freitag ein Toter in der Kelter und jetzt rennt jemand weg, wenn ich in die Nähe komme. Das stinkt."

Bach reagierte nicht. Sein Blick blieb auf die Trauben gerichtet. Mit der Schere schnitt er einzelne Beeren ab.

„Bisher habe ich alles geglaubt, was die Kripo zu Ihrem Gärunfall gesagt hat. Nur langsam kommt mir da einiges komisch vor. Wissen Sie, was ich mich gestern schon gefragt habe? Fällt man, wenn man bewusstlos wird, nicht eher rückwärts die Leiter runter als in ein Fass, von dem man genau weiß, dass man da nicht mehr herauskommt? Von dem man zerquetscht und verstümmelt wird."

Bach sah ihn entgeistert an. Der leichte Wind bewegte die dunklen Locken auf seinem Kopf. Die kleine Schere hielt er mit der rechten Hand fest umklammert. Beide Hände waren dunkelrot verfärbt, vom Rotwein. Tiefe Furchen zogen sich über die Handrücken.

„Kendzierski, erzählen Sie nicht so einen Blödsinn. Wenn das Gärfass wieder voll ist, kommen Sie bei mir vorbei und hängen sich da mal drüber. Dann werden Sie selbst merken, wie schnell das geht. In Sekunden dreht sich alles um Sie herum. Dann wissen Sie nicht mehr, in welche Richtung Sie sich abstoßen müssen. Dann fallen Sie nur noch. Das Gewicht Ihres Oberkörpers zieht Sie ins Fass."

„Bach, wer war der Mann?"

„Der hat nichts mit der ganzen Sache zu tun."

„Ich will es trotzdem wissen. Egal, wer es ist. Ich vergesse das dann einfach wieder, wenn es mit Ihrem Toten nichts zu tun hat. Sie haben mein Wort."

„Der Mann ist ein Pole. Er ist seit ein paar Wochen da. Wir kommen kaum mit der Arbeit hinterher, weil in diesem

Jahr fast alle Sorten zur gleichen Zeit reif sind. Ausdünnen, faule Trauben herausschneiden, lesen, keltern – wie sollen wir das schaffen."

„Warum rennt der dann weg?"

„Mann, Kendzierski, Sie haben absolut keine Ahnung. Der ist nicht angemeldet. Der hat Sie gestern schon gesehen. Der weiß, dass Sie von der Polizei sind. Davor haben die Jungs einfach Angst. Die wollen nicht festgenommen und abgeschoben werden. Die bekommen dann erst einmal keine Arbeitsgenehmigung mehr, die sind raus."

„Warum melden Sie den Mann nicht einfach an?"

„Fragen Sie das mal unsere Regierung. Die hat uns allen in diesem Jahr die Zahl der Arbeitsgenehmigungen einfach gekürzt. Bei mir heißt das eine Person weniger während der Weinlese. Das sollen dann unsere Arbeitslosen übernehmen. Aber für die Weinlese bekommen Sie doch gar keinen. Und Sie bekommen erst recht niemanden, der in der heißen Phase auch mal bis Mitternacht arbeitet, wenn er früh um sieben angefangen hat. Also bleibt mir doch gar keine andere Möglichkeit, wenn ich das alles schaffen will."

„Mir ist das egal. Ich habe damit nichts zu tun, und ich behalte das für mich. Mein Wort. Dafür komme ich heute Abend vorbei und rede mit dem Mann. Der kommt ja sicher irgendwann nach Hause. Ich will mit ihm reden."

„Was soll das? Sind Sie jetzt bei der Kripo? Fahren Sie durch die Dörfer und verteilen Sie wegen mir Ihre Strafzettel. Aber lassen Sie uns einfach in Ruhe. Ich will nicht noch mehr Aufregung auf dem Hof. Das ganze Dorf schwätzt schon blöde über uns. ‚Der Bach, der macht jetzt Polenwein.' Meine Kunden fragen mich, ob ich die Maische auch weggeschüttet habe. Wenn da noch so ein paar Berichte in der Zeitung stehen, dann kauft keiner mehr eine Flasche Wein bei mir."

„Bach, ich rede heute Abend mit ihm. Ich will wissen, ob er in der Nacht irgendetwas mitbekommen hat. Ich habe einfach ein schlechtes Gefühl dabei, dass ein so erfahrener Mann wie Ihr Jozef in das Fass fällt."

„Rufen Sie bei der Kripo an und lassen Sie sich etwas über die beiden anderen Gärunfälle erzählen. Die beiden Kollegen waren über 40 Jahre Winzer. Ich habe sie beide gekannt. Die wussten, was in den Kellern vorgeht. In der Hektik denkst du da einfach nicht mehr dran. Der Oppenheimer hatte Krebs. Der ist wahrscheinlich absichtlich da hinuntergegangen. Der wollte nicht mehr. Der wollte als Winzer sterben. Kendzierski, das war ein Unfall und den Jozef können Sie auch nicht mehr lebendig machen."

Kendzierski war bereits auf dem Weg durch den Weinberg nach oben. Das Atmen fiel ihm schwer.

6

Wolf holte Kendzierski im Büro ab. Er sah den Kripobeamten zum ersten Mal bei normalen Lichtverhältnissen. Der war braun gebrannt. Gerade aus dem Urlaub zurück oder viel an der frischen Luft. Seine kurzen Haare schimmerten hellgrau. Er war wirklich groß und schlank. Kendzierski musste an sich selbst hinunterschauen. Sein Blick fiel auf seinen sich deutlich abzeichnenden Bauch. Der war mehr geworden in den letzten Wochen. Ganz sicher.

Zusammen liefen sie durch Nieder-Olm.

„Wir gehen zum alten Grass. Der hat eine gemütliche Weinstube und guten Wein. Da können Sie Rheinhessen kennen lernen."

Wolf war bisher der einzige, der mühelos Hochdeutsch sprach. Der schien nicht von hier zu sein, da klang kein Rheinhessisch durch.

Sie liefen vorbei an kleinen Geschäften, Elektrogeräte, Schuhe, eine Sparkasse. Nach wenigen Minuten bog Wolf in einen Innenhof ab. Sie standen vor einer ehemaligen Mühle. Ein großes Gebäude, dessen letzter Anstrich nur noch an wenigen Stellen zu erkennen war. Die vorherrschende Farbe war grau. Neben dem Eingang befanden sich größere Lücken im Putz. Kreisrund lugten rote Backsteine hervor. Der Innenhof stand voller Oleander, die in allen möglichen Schattierungen von weiß bis dunkelrot blühten. Dazwischen standen immer wieder kleine Tische. Kein Mensch war zu sehen.

„Hier geht es immer erst später los. Ab acht Uhr bekommen Sie hier draußen keinen Platz mehr, zumindest dann, wenn das Wetter so angenehm ist wie heute."

Sie setzten sich an einen der hinteren Tische, möglichst weit weg von der Straße.

„Suchen Sie sich einen guten Wein aus. Der alte Grass hat die beste Weinkarte hier in der Gegend. Da bekommen Sie fast alles, was das Herz begehrt."

Wolf hielt Kendzierski die Karte hin, die schon fast Buchformat besaß. Jede Seite war einem Wein gewidmet. Fein säuberlich war das Etikett aufgeklebt. Jeder Wein wurde in mehreren Sätzen beschrieben. Viel konnte Kendzierski damit nicht anfangen.

„Wenn ich jetzt ein Pils bestelle?"

„Dann könnte es sein, dass Grass Sie rauswirft." Wolf grinste. „Für Ihren Start als Sheriff hier wäre das keine sehr gute Ausgangsbedingung. Die Rheinhessen haben es nicht gerne, wenn man ihrem liebsten Kind nicht gut gesonnen ist. Nehmen Sie den einfachen Spätburgunder vom Bach. Der ist gut und für die Jahreszeit genau das Richtige. Nicht zu schwer, trotzdem mit schönem Aroma. Die Roten vom Bach sind hier in der Gegend kaum zu schlagen. Und wer weiß, ob der neue Jahrgang ebenso gut wird."

„Ich war heute noch mal bei ihm."

„Ihr erster Einsatz hier lässt Sie wohl nicht los? Oder wollen Sie bei uns einsteigen?"

„Das bestimmt nicht. Jeden Tag ein Toter, das wäre nichts für mich. Dann doch lieber lebende Falschparker. Die wehren sich zwar gegen jede Maßnahme, das ist mir aber deutlich lieber als zerquetschte und verstümmelte Tote."

„Das war kein schöner Anblick. Der tote Pole in der Kelter, dunkelrot eingefärbt von der Maische."

„War er schnell tot?"

„Er war schon bewusstlos, als er in das Gärfass gefallen ist. Darin ist es dann ziemlich schnell gegangen. Das Rührwerk muss etwa zum gleichen Zeitpunkt angesprungen sein. Der Todeszeitpunkt, den unsere Mediziner ausgerechnet haben, stimmt ziemlich genau mit einem Rührintervall überein. Er öffnet die Klappe, um nachzusehen. Die angestauten Gärgase entweichen nach oben. Wie in einem Kamin rauscht die warme Gärluft hinaus. Er wird bewusstlos, fällt nach vorne. Vielleicht zieht ihn eines der Paddel hinein. Im Fass wird er immer wieder mitgeschleift. Erstickt dann."

„Grausam."

„Ich glaube nicht, dass er davon noch viel mitbekommen hat. In der Lunge und der Luftröhre ist nur wenig Saft gefunden worden. Er hat also nur noch ganz schwach geatmet und das nicht mehr sehr lange."

„Können Sie denn ausschließen, dass ihn jemand gestoßen hat? Er steht auf der Leiter, einen Schlag in den Nacken und schon ist es kein Unfall mehr."

„Kendzierski, es gibt immer wieder Fälle, da habe ich meine Probleme und spüre, dass ein Unfall eine zu einfache Erklärung ist. Es gibt aber auch immer wieder Unfälle, die wirken im Ablauf der Ereignisse unwahrscheinlich, sogar kurios. Sie fragen sich dann, wie kann das alles genau so abgelaufen sein, dass da einer dabei stirbt. Und dann stellen Sie fest, die unwahrscheinlichste aller Varianten ist eingetreten, damit es überhaupt so weit kommen konnte."

„Wenn ich den Polen hätte loswerden wollen, dann wäre mir aber genau der Ablauf eingefallen. Er geht jeden Abend seine Runde durch den Keller. Da muss man dann nur auf ihn warten. Ist das denn so abwegig?"

„Nein, das ist es natürlich nicht. Wenn Sie den Obduktionsbericht durchsehen, dann stellen Sie fest, dass Ihre Variante da auch reinpassen würde. Die Verletzungen, die dem Polen vor seinem Tod zugefügt worden sind, liegen vor allem im oberen Schulterbereich und am Hinterkopf. Also könnten Sie ihm noch außerhalb des Fasses zugefügt worden sein. Das würde Ihre Theorie stützen. Aber dagegen spricht, dass diese Verletzungen wohl mit dem gleichen Gegenstand verursacht wurden, wie die übrigen auch. Alle geben das gleiche Bild: ein harter stumpfer Gegenstand, also die Paddel des Gärfasses. Die wirken immer wieder auf den Körper ein. Das war ein Unfall. Bei der Gärung entsteht sehr viel Kohlendioxid. Das ist extrem gefährlich. Man riecht es nicht, es ist unsichtbar. Und schon bei kleinen Konzentrationen in der Atemluft wird man benommen. Ein Anteil von zehn Prozent führt innerhalb weniger Minuten zur Ohnmacht, dann zum Tod. Bei zwanzig Prozent erstickt ein Mensch in kürzester Zeit."

Schweigend saßen beide vor ihren Weingläsern. Kendzierski ließen die Bilder in seinem Kopf nicht los. Er sah den Polen auf der Leiter, wie er den mächtigen Deckel des Gärfasses öffnete. Etwas zog ihn in die schwarze Tiefe. Eine Hand versucht sich am Rand der Öffnung festzukrallen. Lässt dann los. Vielleicht ist es einfach schwer, den Zufall zu akzeptieren.

„Haben Sie schon das Umfeld des Polen befragt, seine Familie?"

„Kendzierski, man merkt, dass Sie nicht von hier sind. Genießen Sie den Wein, lehnen Sie sich zurück. Es ist Feierabend. In Ihnen steckt der preußische Drill. Hier geht alles ein wenig gemächlicher vor sich als in Dortmund. Vor allem genießen wir Rheinhessen es, wenn wir nicht arbeiten müssen. Wenn man unter der Herbstsonne einen Wein trinken kann. Machen Sie die Augen zu und lassen Sie ihn auf sich wirken. Da ist das Aroma eines ganzen Jahres drin. So viel Sonne und so viel Arbeit."

Wolf hatte sich entspannt zurückgelehnt. Er kaute auf seinem Wein herum. Jetzt fehlte nur noch ein lautes Schlürfen. Kendzierski hatte diese Weinfachleute nie verstanden. Das war ekelhaft. Einige seiner Kollegen in Dortmund hatten das genauso zelebriert und damit ihr Wissen zur Schau gestellt. Mit geschlossenen Augen geschlürft, je geräuschvoller, desto besser. Danach ein halblautes Durchatmen und ein wissendes Nicken. Da hatte man aber wieder einen Tropfen ausgesucht. Es fehlte nur noch der kräftige Klaps auf die eigene Schulter und ein deutlich hörbares „Gut gemacht." Das war doch alles Hokuspokus. Er wollte ganz andere Dinge wissen.

„Interessieren würde es mich trotzdem, was bisher herausgekommen ist. Vorausgesetzt, Sie dürfen mir das erzählen."

„Unter Kollegen doch immer. So schnell geht das aber alles nicht. Wir haben die polnischen Kollegen informiert und ein Dossier des Toten angefordert. Erfahrungsgemäß dauert das etwa zwei Wochen. Die befragen dort seine Frau und recherchieren in ihren Daten. Wir werden morgen noch einmal beim Bach vorbeischauen und letzte Fragen klären. Das war es dann von unserer Seite. Erwarten Sie nicht zu viel, Kendzierski. Das war ein Gärunfall. Wer soll denn einen polnischen Erntehelfer umbringen? Der Winzer geht ganz bestimmt nicht auf seinen besten Mann los. Und untereinander haben die Polen hier kaum Probleme. Die prügeln sich mal, wenn sie einen zuviel getrunken haben. Das haben wir immer mal wieder. Ansonsten sind das alles zurückhaltende Jungs. Selten passiert da etwas. Wir hatten noch nie einen größeren Vorfall, noch nie ein Gewaltverbrechen. Es ist nicht der klassische Gärunfall, aber letztlich vom Ablauf keiner, der uns überrascht. Das musste ja irgendwann mal so passieren. Die Hersteller dieser Fässer mahnen immer zur Vorsicht. Wenn Sie den Deckel öffnen, sollen Sie erst einmal abwarten, bevor Sie sich da drüberhängen. Nur daran hält sich keiner. Wenn die Winzer die Behälter leeren und ihre Keltern füllen, dann steigt da sofort einer in das Fass hinein, um die Reste noch herauszukratzen. Da ist eine Luft drin, die haut Sie sofort um. Mich wundert, dass da noch alle lebend herausgekommen sind. Es weiß jeder, wie gefährlich das ist, aber im Stress der Weinlese scheinen es alle zu verdrängen oder ganz zu vergessen. Und dann gibt es solche Jahre, in denen gleich mehrere umkommen."

Wolf hob sein Glas und roch genießerisch an dem Wein. Er ließ den Wein ein wenig in seinem Glas kreisen und nahm einen Schluck, zur große Erleichterung Kendzierskis, der den zweiten Teil der großen Weinkenner-Show mit Schlürfen und Gurgeln erwartet hatte, geräuschlos.

„Kendzierski, Ihr Problem ist die Tatsache, dass es sich um einen sehr grausamen Fall handelt. Der Mann wird immer wieder durch das Fass geschleift, alle Knochen werden gebrochen, Schädel und Brustkorb zerquetscht, das nimmt einen als Zuschauer mit. Glauben Sie denn, mich lässt das kalt, was dem Jungen zugestoßen ist? Ich hätte dafür auch gerne einen Schuldigen. Aber den wird es nicht geben."

Kendzierski fühlte sich von Wolf ertappt und spürte, dass er rot wurde. Genau da lag sein Problem. Als der Tote unter der Kelter hervorgezogen wurde, war dieser kalte Schauer über ihn gekommen. Der geschundene Körper, der Schmerz, dafür musste es doch eine Erklärung geben!

Er fühlte sich müde und wollte einfach nur noch für sich sein. Nachdem er sich noch einige Zeit mit Wolf über seinen Umzug nach Nieder-Olm unterhalten hatte, suchte er so schnell wie möglich das Weite.

Ohne Ziel lief er los. Zuerst durch den alten Teil der Stadt. Die kleinen Häuser, das Dorf in der Stadt, faszinierten ihn. Eine in die Jahre gekommene Siedlung schloss sich an. Graue Häuser mit drei, vier Stockwerken. An einigen löste sich der Putz. Glasbausteine.

Er konnte nicht weit von seiner Wohnung sein. Die Umgebung da sah genau so aus. Der Charme der frühen 80er Jahre. Notdürftig konserviert. In seiner Wohnung würde ihn Leere erwarten. Er konnte sie schon spüren.

Kendzierski ging weiter in die Karl-Sieben-Straße. Er stieg in seinen Skoda und fuhr in Richtung Essenheim.

7

Auf Bachs Hof herrschte auch jetzt noch Leben. Mehrere Autos parkten vor der großen Glastür, die in den Weinverkauf führte. Kendzierski konnte in dem Raum verschiedene Personen ausmachen, die mit Weingläsern in der Hand

Bachs Frau zuhörten. Sie trug ihre schwarzen Haare offen. Alle reihten sich um ein großes Holzfass, auf dem Flaschen und weitere Gläser standen. An den Wänden aus mächtigen Bruchsteinen hingen zahlreiche Bilderrahmen. Trauben in Großaufnahme, Rebstöcke umgeben von blauen Blumen. Kendzierski bekam Lust, hineinzugehen.

Es roch nach Keller. Im ersten Moment fühlte er sich an das Kelterhaus, die geöffnete dampfende Kelter und den Toten erinnert. Der süßliche Gärungsgeruch fehlte aber; Feuchtigkeit, Kühle, nasse Steine und modriges Holz bestimmten. Über allem lag ein Duft, der Kendzierski an sein Glas Rotwein erinnerte, das er mit Wolf gerade getrunken hatte. Es roch nach Keller und Wein, feucht und alkoholisch.

Bachs Frau ließ sich von Kendzierskis Anwesenheit nicht stören. Er kannte nicht einmal ihren Vornamen. Sie war ihm bisher nicht vorgestellt worden. Von zu viel Aufregung waren seine Besuche hier bestimmt gewesen. Sie sah verändert aus. Nicht mehr so traurig. Mit einem einladenden Lächeln hatte sie ihn begrüßt und sich dann weiter um ihre Kunden gekümmert.

„Das ist mit Abstand unser intensivster Spätburgunder. Die Reben sind über 30 Jahre alt. Der Boden, auf dem sie stehen, ist eine kalkhaltige Meeresablagerung. Vor 40 Millionen Jahren lag hier alles tief unter Wasser. Die Muscheln in den Kalksteinen, aus denen unsere Scheune gebaut ist, zeigen das. Je steiniger und muscheliger der Boden ist, desto feingliedriger werden die Spätburgunder. Für diesen hier haben wir in einer grünen Lese im August mehr als die Hälfte der Trauben herausgeschnitten, um das Aroma in den am Stock verbleibenden restlichen Trauben zu konzentrieren. Nach zwölf Monaten im Holzfass ist er jetzt frisch abgefüllt und noch ein wenig kantig. Die Substanz ist aber schon sehr gut zu erschmecken."

In den Augen der Zuhörer konnte Kendzierski Bewunderung und Faszination erkennen. Er selbst musste sich eingestehen, dass er das von Bachs Frau kaum erwartet hatte. Sie war ihm bei seinem letzten Besuch hier so zerbrechlich vorgekommen, als ob sie hier nicht hinpassen würde, in dieses Weingut und vor so viele Zuhörer. Er hätte ihr kaum zugetraut, dass sie andere so in ihren Bann ziehen könnte.

Kendzierski spürte, dass er über sich selbst lächelte. Seine Fähigkeit, Frauen richtig einzuschätzen, war noch nie gut gewesen. Vielleicht war das auch der Grund, warum sein Verhältnis zu Frauen von so vielen Missverständnissen – anfangs noch versteckten und später ganz offenen – bestimmt worden war. Das letzte Missverständnis hatte mehrere Jahre gedauert und ihm letztlich den Abschied nach Rheinhessen erleichtert.

Tief verharrte er in seinen Gedanken. Erst langsam kehrte er in die Gegenwart zurück, nahm die Bruchsteinwände wahr, die von Bilderrahmen gehaltenen Urkunden für Bachs Weine, die gestapelten Holzkisten mit den Weinflaschen. Die fragenden Blicke, die ihn aus mehreren Gesichtern trafen, beschleunigten diese Rückkehr.

„Sie wollten doch sicher zu meinem Mann?"

Bachs Frau sprach langsam und so betont, dass sich Kendzierski der Gedanke aufdrängte, sie habe diese Frage schon mehrere Male an ihn gerichtet. Die Blicke der anderen unterstrichen seine Einschätzung. Kendzierski hörte sich ein „Ja, natürlich" stottern.

„Der ist an der Kelter, Herr Kendzierski."

Auf seinen fragenden Blick hin, erklärte sie ihm den Weg durch das Flaschenlager, das den Verkauf und den Kelterbereich verband. An aufeinander gestapelten Metallboxen vorbei, in denen hunderte von Flaschen geordnet lagerten, fand Kendzierski den Weg in die Scheune. Langsam nahm er die ihm bekannte Umgebung wahr. Vor ihm die Leiter, die nach oben zu den Gärfässern führte, die kleinen Holzfässer, links die Kelter.

Die Scheune war von vielschichtigem Lärmen erfüllt. Saft floss rauschend aus der Kelter in die darunterstehende Stahlwanne. Von einer Pumpe daneben ging ein gleichmäßig lautes Brummen aus. Rufe waren zu hören. Kendzierski folgte mit seinem Blick einem dicken Schlauch, der aus der Decke kam und nach unten in einen großen Holzbottich reichte. Ein zweiter Schlauch führte aus dem Bottich wieder zurück nach oben.

„Wir lüften die Rotweinmaische. Die muss während der Gärung Sauerstoff atmen, um ideal zu reifen."

Bach kam zügig an den Holzfässern vorbei auf die Leiter zu, die zu Kendzierski hinunterführte. Er trug dicke Gummihandschuhe.

„Das machen wir während der Gärung bis zu fünfmal. Von oben lässt man den gärenden Wein hier herunter in die Wanne plätschern und pumpt ihn dann wieder nach oben. Das macht ihn später harmonischer. Der Sauerstoff ist die Seele des Roten und der Tod für einen schönen Weißwein."

Kendzierski blickte gebannt in den vor ihm stehenden Holzbottich, in den dunkelroter Saft lief. Blutrot blieben einzelne Spritzer an den Holzwänden hängen und rannen dann in feinen Linien herunter. Es fröstelte ihn bei dem Gedanken, in dieser Flüssigkeit mit dem Tod ringen zu müssen. Er schaute sich weiter um in Bachs Scheune. Obwohl er den Winzer hier ständig bei der Arbeit erlebte, wirkte alles sehr ordentlich. Aufgeräumt und sauber. Man merkte, dass diese zum Kelterhaus umgebaute Scheune Bachs Ein und Alles zu sein schien. In Reih und Glied standen die unterschiedlichsten kleinen Geräte an der Wand. Es folgte ein langer Tisch auf dem verschiedene Gläser standen, Röhrchen mit einer milchigen Flüssigkeit. Ein Ordner lag aufgeschlagen da. Weitere standen in einer Reihe dahinter. Jeder mit einer Jahreszahl versehen: 2003, 2004, 2005, 2006. Sie waren von Hand beschriftet. Alle auf einer Höhe, alle in der gleichen Schrift, so deutlich und gleichmäßig, als ob ein Drucker das ausgeworfen hätte.

Bach folgte Kendzierskis Blicken. „Das ist meine Schaltzentrale." Der Winzer grinste. „Während der Lese verlege ich mein Büro hierher. Hier habe ich kein Telefon, die vollkommene Ruhe für alle Entscheidungen, die getroffen werden müssen. Jeden Wein verfolgen wir während der Gärung. Zweimal täglich werden Zucker und Alkohol bestimmt. Die Temperatur wird gemessen, um Störungen bei der Gärung frühzeitig festzustellen. Alles wird notiert. Im Keller kann man so viel falsch machen, wenn man nicht sauber und ordentlich arbeitet. Es gibt Fehler, die sind so gravierend, dass der Wein danach nur noch für den Ausguss taugt. Meine Frau sagt immer, ich wäre ein Pedant. Zumindest bei meinen Weinen." Beide schwiegen eine Zeit lang und hörten dem plätschernden Rotwein zu.

„Weinmachen ist wie eine Sucht." Bachs Blick haftete an der roten Flüssigkeit vor ihm in der Wanne. „Es ist die Sucht, jedes Jahr das beste herauszukitzeln, zu tüfteln, um dem eigenen Ideal möglichst nahe zu kommen. Wie bekomme ich das, was draußen gewachsen ist, am sichersten in meinen Keller? Du versuchst alles, um das ganze Aroma herauszuholen. Du feilst im Herbst und über den Winter daran. Gibst Zeit zum Reifen und machst alle Höhen und Tiefen der Entwicklung durch. Manche Weine kann ich wochenlang nicht sehen und riechen. Die haben ein Tief, sind ungenießbar. Da kommt die Angst. Was habe ich falsch gemacht? Vielleicht war der Erntezeitpunkt doch zu spät gewählt, die Maischegärung zu lange. Dann schlägt es plötzlich um. Der junge Wein offenbart sein erstes Aroma. Zaghaft. Nur ein erster Hauch. Ich bin dann selig. Für diese Momente liebe ich meinen Beruf so sehr."

Kendzierski verstand nicht alles, was Bach ihm da erzählt hatte. Aber der Blick des Winzers verriet ihm, dass es aus seinem tiefsten Innern gekommen war.

„Der Petr ist drinnen beim Essen. Wir wechseln uns ab, damit es hier weitergehen kann. Ich will Sie nicht noch länger aufhalten. Gehen Sie ruhig rein. Ich glaube zwar nicht, dass es irgendwas bringt. Der Petr spricht kaum Deutsch. Jozefs Unfall, die Polizei und die ganze Aufregung, das hat den Jungen noch mehr verstört. Dem ist kaum ein Wort zu entlocken."

„Haben Sie das denn versucht?"

Bach schaute Kendzierski verwundert an. „Natürlich. Ich musste den Petr ja davon überzeugen, dass er mit Ihnen reden soll. Und dann hat das, was Sie gesagt haben, mich selbst nachdenklich gemacht. Ich kann mir nicht vorstellen, dass jemand den Jozef umgebracht haben soll. Den Petr habe ich gefragt, ob er in der Nacht etwas gesehen hat."

„Und, hat er?"

„Natürlich nicht. Er hat schon geschlafen, als der Jozef aus der Wohnung raus ist. Nichts hat er von all dem mitbekommen."

In Bachs Wohnzimmer saß ein Riese. Tief über seinen Teller gebeugt. Mechanisch schaufelte er mit einem Löffel Essen in seinen Mund. In einem gleichmäßigen Rhythmus öffnete sich dieser kurz zur Befüllung, bevor er sich dann wieder für das Kauen verschloss.

Dem Gesicht nach war Petr nicht viel älter als 20 Jahre. Er

sah aus wie ein riesengroßer Junge, mit dicken, roten Backen. Als Kendzierski das kleine Wohnzimmer betrat, blickte Petr kaum auf. Er blieb auf das fixiert, was er gerade tat: Essen. Auf Kendzierskis „Hallo“ antwortete er mit einem kaum erkennbaren Nicken.

„Es tut mir sehr Leid, was mit Ihrem Kollegen passiert ist. Er war schon so viele Jahre hier während der Weinlese und dann passiert so etwas. Haben Sie an dem Abend mitbekommen, wie er sich fertig gemacht hat und in den Keller gegangen ist?“

Stille.

Kendzierskis Blick traf auf schweigende Augen, die sofort wieder den Teller suchten; der war sein Halt.

„Haben Sie etwas gehört an jenem Abend?“

Stille. Totenstille. Petr war erstarrt. Kein Muskel bewegte sich mehr. Auch das Kauen hatte er eingestellt. Das Kaninchen vor der Schlange. Für eine Flucht war kein Platz.

„Verstehen Sie mich nicht? Sagen Sie doch etwas.“

„Nichts.“ Gebrochen war das Wort aus dem Mund des großen Jungen gekommen.

„Nichts verstehn.“ Kaum hörbar.

„Mist.“ Kendzierski rieb sich die Augen. Er fühlte sich unheimlich müde. Gehen oder es weiter versuchen?

Er spürte, wie etwas in ihm drängte, nach draußen drängte. Mit aller verfügbaren Konzentration sammelte er in seinem Gedächtnis das, was er aus seiner Kindheit noch wusste. Er suchte die Worte zusammen, die seine polnische Großmutter ihm beigebracht hatte. Viel war das nicht.

„Proszę się nie bać, ja checę panu pomóc!“

Er sagte, dass Petr keine Angst haben solle, er wolle ihm helfen und dies genügte, ihn aus seiner Starre zu lösen.

Mit großen Augen, aus denen langsam die Furcht wich,

sah er ihn nun an. Seine Zunge löste sich als letztes aus der Starre. Langsam und immer wieder stockend formulierte der große Junge kurze einfache Sätze.

Jozef sei abends häufig weg gewesen. Im Keller, bei seinen Kumpels oder mit dem Bus. Die letzten Tage sei das weniger geworden, weil jetzt so viel zu tun war. Vor zehn sei man kaum fertig. Er selbst wäre dann immer so müde, dass er nach dem Essen gleich einschlafe. Jozef sei dann meist nur noch kurz weg gewesen. Manchmal habe er es noch mitbekommen, wie Jozef wieder zurückkam. So sei es auch gestern gewesen. Er habe schon im Bett gelegen, als Jozef wieder in die Wohnung kam. Den Fernseher habe er im Nachbarzimmer noch gehört, dann sei er eingeschlafen und erst morgens wieder vom Wecker wach geworden. Jozef habe an diesem Tag in Mainz einkaufen gehen wollen. Bei Aldi seien Computer im Angebot gewesen. Er wollte einen für seine Frau kaufen. Der Chef habe ihm dafür den Vormittag freigegeben. Daher habe er sich nicht darum gekümmert, dass Jozef nicht zum Frühstück da war. Manchmal sei der ganz früh schon unterwegs gewesen, so dass er sein Aufstehen gar nicht mitbekommen habe. Manchmal sei er aber auch erst zwei Stunden später zum Arbeiten erschienen. An die Zeiten habe er sich nicht gehalten und der Chef habe das dem Jozef alles erlaubt. Probleme habe es nur einmal gegeben, als Jozefs Handy andauernd geklingelt hatte. Das sei schon fast zwei Wochen her. Da habe der Chef geschimpft und Jozef habe dann abends telefoniert. Er habe wirklich sehr viel telefoniert, mit Polen und mit Deutschen, mit seiner Frau. Mit der habe er immer herumgebrüllt. Zum Telefonieren sei er meist nach draußen gegangen, so dass er selbst nicht viel hören konnte. Er glaube, dass Jozef nebenher kleinere Geschäfte gemacht habe. Für andere Polen immer mal wieder Dinge hier gekauft und diese dann nach Hause transportiert. Computer, alte Autos und so. Manchmal habe er auch das Geld von anderen mitgenommen und dann in Polen abgeliefert. Sein Bruder habe ihm das erzählt. Der arbeite immer im Frühjahr hier und war auch schon mit Jozef zusammen hier gewesen. Der Jozef verdiene mehr mit seinen kleinen Geschäften als mit der Arbeit. Das hat zumindest sein Bruder gesagt. Einmal sei der deswegen sogar verprügelt worden. Er habe Geld von einem Kollegen mitgenommen, um es bei der Familie abzugeben. Das Geld sei dann aber verschwunden. Gestohlen worden, habe Jozef behauptet. Das habe ihm der andere aber nicht geglaubt. Das sei wohl im Januar gewesen. Über zweitausend Euro sollen es gewesen sein, die da weg waren. Ein Monat harte Arbeit in Deutschland. Das Gehalt eines halben Jahres in Polen.

Da müsse der Jozef sich schon ganz schön bemüht haben, um das Geld wieder aufzutreiben. Er, Petr, gäbe sein Geld an niemanden weiter. In einem Beutel um den Hals werde er es nach Polen tragen.

Petr war jetzt auf seine Weise richtig gesprächig. Seine anfängliche Scheu war einer Redseligkeit gewichen. Wie von einem langsam laufenden Fließband kamen kontinuierlich kurze Sätze aus ihm heraus. Gedanke reihte sich an Gedanke. Er hätte sicher noch einige Zeit weiter berichtet, wenn nicht Bach im Esszimmer erschienen wäre. Sofort sprang Petr auf.

„Der Traubenwagen ist da, wir müssen die Kelter abräumen. Der Petr muss mir helfen." Kendzierski nickte zustimmend. Er hatte ohnehin kaum noch Hoffnung, Verwertbares zu erfahren.

„Sie können, wenn Sie wollen, auch gerne mit in den Kelterraum kommen."

Kendzierskis Blick schien das Erstaunen auszudrücken, das er auch empfand.

„Sie müssen nicht, wenn Sie nicht wollen. Und Sie brauchen auch keine Angst zu haben, dass wir Sie als Arbeitskraft einplanen. Wir sind da zu zweit schon ganz gut eingespielt."

Kendzierski folgte den beiden nach draußen und in Richtung Kelter.

Über seinem Gespräch mit dem jungen Polen war es dunkel geworden. Die Tage wurden eindeutig kürzer und der Herbst spürbar. Es war frisch.

Im geöffneten Scheunentor stand ein großer Traktor mit einem Anhänger. Nur ein schmaler Spalt blieb, um sich zwischen dem Gefährt und der Mauer hindurchzuzwängen. Petr musste sich dabei hörbar quälen, seinen massigen Körper durch dieses Nadelöhr zu zwingen. In der Scheune hing ein Duft von süßem Saft und fruchtigen Trauben.

„Sie können hier hinten am Traubenwagen auf die Plattform klettern und sich dann anschauen, was wir heute geerntet haben. Das ist ein Riesling."

Kendzierski arbeitete sich die zwei Trittstufen hinauf und blickte auf ein Meer grüner runder Beeren. Hinter sich hörte er Schaufeln, die immer wieder über den Beton des Kelterhauses kratzten. Bach und sein Petr waren dabei, die ausgepressten Schalen auf einen kleinen Anhänger zu laden und die Presse für die neue Befüllung vorzubereiten.

Kendzierski konnte dem Anblick der Trauben nicht widerstehen. Eine intensive Süße, dann nach einigen Momenten, ein Hauch fruchtiger Säure erfüllten seinen Mund. Für einen Augenblick schloss er die Augen, um den Geschmack ganz in sich aufzunehmen.

Seine polnische Großmutter hatte ihm das Genießen beigebracht. Bei ihr hatte er eigentlich seine ganze Kindheit verbracht. Zuerst hatte der Vater, dann auch die Mutter in einer Wäscherei im Nachbarort gearbeitet, dem einzigen Arbeitgeber, den es in dem kleinen Sauerländer Nest gab. Wenn er morgens geweckt wurde, waren sie schon aus dem Haus. Abends kamen sie fix und fertig und nach Waschmittel riechend zurück. Die Großmutter war Vater und Mutter zugleich für ihn gewesen. Sie hatte mit ihren Kochkünsten seinen Geschmack geschärft. Es waren die einfachen Sachen, mit denen sie Hochgenüsse schuf. Und er war ein immer dankbarer Abnehmer gewesen.

„In diesem Jahr sind die Trauben unheimlich aromatisch. Der Wechsel von warmen Tagen und kühleren Nächten in den vergangenen Wochen hat das bewirkt. Wenn es so weitergeht, können wir wahre Schätzchen ernten."

Bachs Stimme riss ihn aus seinen Gedanken.

Er kehrte mit einem Besen die letzten Kerne und Schalenreste unter der Kelter hervor. Petr schaufelte diese auf den kleinen Wagen.

„Während der Petr die Kelter noch kurz frisch macht, bereite ich den Traubenwagen für das Abladen vor. Jetzt können Sie mir dann doch kurz helfen. Das ist das Problem bei uns Winzern. Sie sollten nie irgendwo zum Zuschauen stehen bleiben. Das dauert höchstens fünf Minuten, dann haben Sie den ersten Auftrag. Und dann wird es ganz schwer für Sie, da wieder herauszukommen. Lehnen Sie das Helfen ab oder machen Sie sich nach den ersten Handgriffen schnell aus dem Staub, dann heißt es später über Sie: ‚Der hot des Schaffe awer nedd erfunn'. Bleiben Sie, dann müssen Sie viel Zeit einplanen. Jeder Arbeit folgt eine nächste."

Kendzierski half Bach, einen großen dicken Schlauch an den Traubenwagen anzuschließen. Das zweite Ende war bereits mit der Kelter verbunden. Nachdem die große Stahlwanne unter die Kelter geschoben war, startete Petr den Traktor. In das Traubenmeer auf dem Wagen kam Bewegung. Langsam und gleichmäßig wanderten die grünen Beeren durch den dicken Schlauch auf die Kelter zu. Das Tröpfeln des ersten Saftes in der Wanne war deutlich zu hören. Bach und Kendzierski standen wieder auf der Plattform des Traubenwagens und beobachteten das Wogen der Trauben.

„Wussten Sie, dass Ihr Jozef kleine Geschäfte von hier aus machte?"

„Was heißt kleine Geschäfte. Der hat ab und zu mal ein altes Auto für einen Bekannten besorgt oder ein paar Elektrogeräte, die es hier teilweise günstiger gibt als in Polen."

„Häufig?"

„Nein, bestimmt nicht. Dazu hatte er wohl kaum die Zeit. Zwei- oder dreimal hat der Sachen nach Polen transportieren lassen, wenn er hier war. Das ist für mich nicht viel."

„Und deswegen ist er dann immer wieder mal morgens später zum Arbeiten gekommen?"

„Der Jozef war mein bester Mann. Der hatte nach so vielen Jahren, die er schon hierherkommt, in manchen Dingen seine Narrenfreiheit. Wenn er morgens zwei Stunden später anfangen wollte, dann hat er das gemacht. Das hat er dann abends nachgeholt. Der konnte ja alleine draußen in den Weinbergen bleiben, weil er alles kannte und selbstständig arbeitete."

„Was hat er gemacht, wenn er morgens später kam?"

„Der ist in die Supermärkte und Elektroläden in der Umgebung. Da hat er dann immer wieder geschaut, was es gerade günstig gab. Oder er hat sich bei den kleinen Autohändlern umgesehen. Vier, fünf Jahre alte kleine Autos, die sind in Polen gesucht. Hier für 2500 Euro gekauft, dort für 3000 weiterverkauft. Das ist doch ein ganz gutes Zubrot. Der Jozef hatte seine Kaufaufträge schon in der Tasche, wenn er hierherkam. Dann hat er sich auf den Weg gemacht und hat sich das beste Angebot herausgesucht."

„Hat es da jemals Probleme gegeben?"

„Nein, nie. Was soll das alles? Diese Fragen. Ich sehe da keine Verbindung. Die Polen, die hierherkommen, versuchen alle, noch das eine oder andere kleine Geschäft zu machen. Die sind unterwegs, wenn Sperrmüll ist. Die holen sich die Werbeprospekte aus den Briefkästen und wissen bestens Bescheid, wo es welches Angebot gibt. Da wird hier mal was gekauft und dort weiterverkauft. Wenn deswegen einer umgebracht wird, dann hätten wir andauernd die Polizei im Dorf."

„Wer hat die Sachen für den Jozef nach Polen transportiert?"

„Die meisten Dinge hat er selbst mitgenommen, wenn er nach Hause gefahren ist. Es gibt in Mainz ein Unternehmen, das hat sich auf die Fahrten nach Polen spezialisiert. Ich glaube, der Chef kommt selbst aus Polen. Die fahren mit kleinen Transportern jeden Tag hin und her. Acht bis zehn Personen und Platz für reichlich Gepäck. Einige Male sind die auch so vorbeigekommen und haben ein Paket für den Jozef mitgenommen. Das war aber wirklich selten der Fall in den letzten Jahren. Ich glaube, die Jungs wollen lieber selber auf ihre Sachen aufpassen."

Langsam liefen die letzten Beeren zur Kelter hin. Der Traktor verstummte. Stille. Nur leise war das Tröpfeln des ablaufenden Saftes zu hören.

Kendzierski fuhr vom Hof. Dunkle Nacht lag über den Hügeln und Ortschaften, ein feiner Nebel in den Niederungen. Herbstnebel.

8

Kendzierski saß vor einer Tasse Kaffee und einem belegten Brötchen.

Vor dem Charme seiner bis zur Decke in freundlichem Weiß gefliesten Küche hatte er flüchten müssen. Die Flucht hatte ihn in die einzige Bäckerei geführt, die so etwas wie ein Frühstücksangebot besaß. Durch die große Glasfront konnte er direkt auf seinen Arbeitsplatz blicken. Grau und hässlich stand der Büroklotz da. Eine Bausünde der 70er Jahre, schon stark gezeichnet von den drei über sie hinweggegangenen Jahrzehnten. Verwaltungsbauten sahen doch irgendwie immer gleich aus. Egal, ob in einem solchen Nest hier oder in einer Großstadt. Die Dortmunder nannten ihr Rathaus wenig liebevoll Bierkiste. Moderne Architektur der 90er hatte den Bau zustande gebracht. Er war einfach nur hässlich. Das graue Etwas ihm gegenüber hätte vom gleichen Architekten sein können. Quadratisch, praktisch, gut. Eine große Glasfront sah wie vergittert aus. Es war ein Fremdkörper im Ortsmittelpunkt. Umgeben von alten Häusern, die über den Geschäften im Erdgeschoss höchstens noch ein oder zwei Etagen besaßen, stand es wie kurz abgestellt und dann vergessen da. Ein paar Bäume kaschierten das alles nur notdürftig und schafften es nicht, dem Platz davor seine Leere zu nehmen. Kendzierskis Blick blieb an einem kleinen Brunnen hängen. Der war ihm bisher noch nie aufgefallen, obwohl er schon ein paar Mal daran vorbeigelaufen sein musste, jeden Morgen auf dem Weg zu seinem Arbeitsplatz. Fabelwesen reckten ihre langen Hälse, ihre Köpfe aus dem sprudelnden Wasser. Mit Ohren, die wie Hörner aussahen. Eines gaffte ihn an. Fordernd.

Kendzierski genoss die ruhige Geschäftigkeit, das Kommen

und Gehen um ihn herum, die langen Phasen der Ruhe dazwischen, das Schweigen. Er nahm sich vor, diese Bäckerei zu seinem morgendlichen Stammlokal zu machen.

Seine Gedanken führten ihn zurück in Bachs Scheune. Das gestrige Gespräch mit dem Winzer und Petr hatte ihn davon überzeugt, dass er sich wohl oder übel der Meinung der Mainzer Kripo anzuschließen hatte. Nach und nach fügte sich das Bild zusammen. Das war das Faszinierende an einem solchen Fall. Mit jedem Gespräch wurde eine Facette klarer, trat deutlicher hervor. Kendzierski musste sich eingestehen, dass ihm seine Ermittlungen auf eigene Faust irgendwie Spaß machten. Die Verlockungen des Unbekannten. Es gab aber wohl keine Anzeichen für einen Mord. Jozef war wie alle anderen polnischen Helfer auch. Seine Arbeit im Weingut, sein Treiben drumherum, die kleinen Geschäfte hier und da, alles roch nach Routine. Wenig deutete darauf hin, dass es mit irgendjemandem Konflikte gegeben hatte. Einmal war Geld verschwunden. Geld, das Jozef in Empfang genommen hatte. Das war mehr als ein halbes Jahr her. Er hatte dafür Prügel bezogen und wahrscheinlich die gestohlene Summe selbst aufgebracht. Deswegen brachte man doch keinen um? Und schon gar nicht nach mehr als acht Monaten.

Kendzierski konnte über sein Beharrungsvermögen nur noch den Kopf schütteln. Wolf hatte ihn schon ganz richtig eingeschätzt. Das Erlebnis im Kelterhaus, der verstümmelte Tote und das an seinem ersten Tag hier in dieser fremden Umgebung. Das alles hatte in ihm einiges kräftig durcheinander gewirbelt. Er selbst war das Problem, um dessen Lösung es hier ging. Immer klarer schien ihm das zu werden. Er selbst musste mit den Eindrücken dieses Vormittags zurechtkommen. Er selbst musste endlich dafür sorgen, dass ihn die Bilder der dampfenden Kelter und des eingedrückten Brustkorbes nicht bei jeder Gelegenheit einholten. Er hatte sich jetzt lange genug mit einer Sache auseinander gesetzt, die ihn wirklich nichts anging.

Das Läuten der nahen Kirchturmglocken riss ihn aus seinen Gedanken. Es wurde Zeit. Während Kendzierski langsam von der Bäckerei über den Rathausplatz schlenderte, erklärte er die Sache mit dem Polen für abgehakt.

„Herr Kendzierski?"

„Ja?"

„Sie sind der Neue von hier drüben? Mein Name ist Schmahl. Ich bin der Redakteur für die Lokalseiten der Tageszeitung hier in den Landgemeinden."

Kendzierski stand ein hagerer Mann in hellblauen Jeans, buntem Strickpullover und offenem Mantel gegenüber. Der hatte sich ihm einfach in den Weg gestellt. Wollte Kendzierski weiter, müsste er einen Bogen um ihn machen. Alles an Schmahl sah reichlich abgewetzt aus. Kendzierski hatte in Dortmund häufiger Kontakt mit Journalisten gehabt. Alle hatten eines gemeinsam: Schon nach ein paar Jahren in ihrem Beruf sahen sie so gealtert aus, dass es schwer war, ihr wahres Alter zu schätzen. Ihre Haut war ergraut und von tiefen Falten durchzogen, die Augen häufig rot unterlaufen. Er führte das auf einen maximalen menschenmöglichen Kaffee- und Zigarettenkonsum zurück.

Sein Gegenüber passte genau in dieses Schema, zumal er ein heftig rauchendes Zigarillo in der Hand hielt. Kendzierski fiel ein Bildband ein, den er einmal geschenkt bekommen hatte: Die Pharaonen. Die Bilder der Mumien hatten ihn damals fasziniert. Die eingetrocknete Haut, unter der sich die harten Wangenknochen deutlich abzeichneten. Auch bei Schmahl war das so.

„Ich wollte gerade zu Ihnen." Pause. Abwarten.

„Und mich mal vorstellen."

Ging es anderen Menschen eigentlich auch so wie ihm, fragte sich Kendzierski. Stand er einem Journalisten gegenüber, so hatte er in kürzester Zeit jegliche Lust auf ein Gespräch verloren. „Ich werde in meinem Büro erwartet." Das war wohl die blödeste Antwort, aber eine bessere war ihm nun mal nicht eingefallen.

„Klar." Schmahl grinste. „Aber vielleicht können wir uns ja zum Mittagessen treffen. Wir werden oft miteinander zu tun haben. Da ist es doch gut, wenn man sich mal kennen gelernt hat." Warum wollten ihn hier alle kennen lernen? Er kam sich vor wie ein Tanzbär auf einem Jahrmarkt.

„Ich würde auch gerne mal ein Interview mit Ihnen machen. Die Leute wollen wissen, warum Sie aus Dortmund hierhergekommen sind." Er zog eine zerknickte Visitenkarte aus seiner Manteltasche und hielt sie ihm hin. Kendzierski nahm sie und ging weiter. „Um 12 beim alten Grass. Ich warte auf Sie."

Kendzierski zog die Eingangstür des Nieder-Olmer Verwaltungsgebäudes hinter sich zu. Er sehnte sich nach der Stille seines dunklen Büros.

Auf seinem Schreibtisch fand er eine Notiz. Wolf bat ihn um Rückruf. Kendzierski schob den Zettel bis an das äußere Ende seines Schreibtisches und machte sich an die vor ihm liegenden Akten. Vier Anträge für das Aufstellen eines Baugerüstes auf einem Bürgersteig, die Anfrage eines Ortsbürgermeisters, der ein Parkverbot vor seinem Wohnhaus einforderte und eine Einladung der Arbeitsgemeinschaft der Karnevalsvereine der Stadt zur Vorbesprechung der geplanten Fassenachtsumzüge. Nachdem Kendzierski die Sperrungen der vier Bürgersteige genehmigt und die entsprechenden Vorgaben für ihre Beschilderung festgehalten hatte, war er bereit für einen Anruf bei der Kripo.

Wolf war gleich am Apparat. „Ich hätte nicht gedacht, dass Sie jemals anrufen. Ich bin Sie gestern zu hart angegangen. Sorry."

„Kein Problem. Ich werde darüber hinwegkommen."

„Ich werde mich in Zukunft ein wenig zurückhalten. Wobei ich ja nicht glaube, dass es in Ihrem Einzugsgebiet allzu häufig Todesfälle geben wird, zu denen wir dann gerufen werden."

Kendzierski seufzte. „Ich kann darauf auch gut verzichten."

„Aber deswegen habe ich nicht angerufen. Wir haben einen ersten Bericht der polnischen Kollegen bekommen. Der ändert ganz sicher nichts an der generellen Einschätzung unsererseits. Aber vielleicht interessiert es Sie ja trotzdem."

Stille. „Kendzierski? Sind Sie noch da?"

„Wo bitte soll ich denn sonst sein?"

„Also, die Kollegen aus Warschau haben uns einen Strafregisterauszug geschickt. Quasi als Vorabinformation. Der Jozef ist dort kein unbeschriebenes Blatt. Er hat Vorstrafen. Die liegen zwar allesamt lange zurück, zeichnen aber ein anderes Bild von Bachs Erntehelfer. Er hat Anfang der 90er Jahre mehr als ein Dutzend Mal Eingang in die Polizeiakten gefunden. Zumeist mit kleineren Sachen, fast alles Vergehen gegen die Einfuhr- und Zollbestimmungen. Das sieht nach der klassischen Karriere eines Kleinkriminellen aus. Zuerst sind es ein paar Elektrogeräte, dann wieder und dann ist es halt mal ein ganzer LKW."

„Was?"

„Ein ganzer LKW, Kendzierski. Das war 1994. Da haben sie ihn an der Grenze festgenommen. Er am Steuer eines Transporters mit über 500 Radios, Musikanlagen und so.

Zum Teil waren die Geräte von zweifelhafter Herkunft. Sie waren als gestohlen gemeldet. Dafür hat er zwei Jahre gekriegt und wohl seine Karriere beendet. Nach seiner frühzeitigen Entlassung ist nichts mehr vorgefallen. Der scheint danach sauber geblieben zu sein."

„Ist nur er gefasst worden? Das sieht doch eigentlich nach organisierter Bande aus."

„Sehr ausführlich ist das nicht, was wir da bekommen haben. Das sind keine Ermittlungsakten. Der polnische Kollege hat nur geschrieben, dass ein Mitfahrer auch verurteilt wurde. Mehr Personen konnten damals nicht ausfindig gemacht werden. Die beiden scheinen das alleine geplant zu haben. Was ich aber auch eher als unwahrscheinlich ansehe. Ein ganzer Transporter voller Elektrozeugs. Das riecht doch sehr nach kleiner Bande. Wahrscheinlich haben die beiden, der Jozef und sein polnischer Kollege, dicht gehalten."

„Und sich damit den späteren Ausstieg erkauft? Die Rückkehr in ein Leben ohne Schmuggel?"

„Aha, Kendzierski, Sie wollen also doch bei uns in die Lehre gehen. Das klingt gut und wirklich sehr nach organisiertem Verbrechen. Nur bringt das nichts. Das ist nach meiner Ansicht zu lange her, als dass es mit dem Unfall irgendetwas zu tun haben könnte. Oder sehen Sie das anders?"

„Meine Meinung ist da doch wohl kaum entscheidend."

„Das stimmt natürlich. Aber interessieren würde sie mich trotzdem."

„Ich glaube mittlerweile ja auch an einen Unfall. Wegen einer Sache, die zehn Jahre zurückliegt, bringt man wohl kaum jemanden um."

Kendzierski legte den Telefonhörer zurück. Er blickte auf den Bildschirm seines Rechners. Es kribbelte in ihm. Die Neugierde. Wenn er sich jetzt nicht zurückhalten würde, wäre er wieder mitten drin. Nur das eine noch. Nur kurz nachschauen. Er rief Google auf. Langsam gab er zwei Begriffe ein: Personentransporte Mainz. Die Suche ergab 357 Treffer. Auf der zweiten Seite wurde er fündig: Personentransporte Zbigniew Czarnowski, Mainz – Warschau täglich.

Kendzierski notierte sich die Mainzer Adresse. Im Gehen zog er sich seine Jacke über. Es war Viertel vor zwölf. Er wollte schnellstens hier raus. Womöglich kam der Lokaljournalist noch auf die Idee, ihn abzuholen.

Seine kleine Straßenkarte führte ihn in den Mainzer Stadtteil Hechtsheim. In ein Gewerbegebiet aus den 60er Jahren. Breite gerade Straßen durchschnitten das Gelände und unterteilten es in gleich große Blöcke. Autohäuser koreanischer und japanischer Marken wechselten sich mit schmuddeligen Lagerhallen und Bürogebäuden ab. Teilweise waren Bäume und Sträucher so hoch gewachsen, dass für Kendzierski nicht zu erkennen war, welches Gewerbe sich hinter den Zäunen verbarg. Ein Teil der Gebäude stand anscheinend leer. Eine Wellblechhalle war eingestürzt.

Die richtige Straße hatte er schnell gefunden. Erschwert wurde seine Suche jedoch durch die fehlende Beschilderung. Kaum eines der Gebäude besaß eine Hausnummer oder einen Hinweis auf die dort ansässige Firma. Auf Besuche war man hier anscheinend nicht eingerichtet. Einladend war die Straße wirklich nicht.

Kendzierski fuhr langsam an einer leerstehenden Halle vorbei. Dicht eingewachsen, mit eingeschlagenen Scheiben. Ein verrosteter Zaun, mit großen Löchern. Große Sträucher, Bäume verstellten den Blick. Die nächste musste es sein. Wenn er richtig gezählt hatte, seit der letzten erkennbaren Hausnummer. Er hielt vor einer umzäunten Lagerhalle an. Vor dem Gebäude standen fünf dunkelblaue Ford Transit mit polnischen Nummernschildern. Vom Nachbargelände war das hysterische Bellen eines Hundes zu hören. Alles sah grau, trübe und verlassen aus. Kendzierski ging langsam auf die geschlossene Einfahrt zu. Ein Tor aus dickem Maschendraht versperrte den Durchgang. Ein kleines Plastikschild deutete Kendzierski an, dass er sich für das richtige Gebäude entschieden hatte. Z. Czarnowski, Transporte. Mit einer Kette und einem mächtigen Schloss wurden die beiden Torflügel zusammengehalten. Das Schloss hing innen. Es musste sich also jemand auf dem Gelände aufhalten. Kendzierski überlegte, ob er rufen oder am Tor rütteln sollte, um sich bemerkbar zu machen. Aber was sollte er dann sagen? Haben Sie vielleicht in den letzten Wochen irgendwelche krummen Geschäfte mit einem Jozef gemacht und diesen vorgestern erschlagen? Keine wirklich gute Idee, musste er sich eingestehen.

Er beschloss, erst einmal um den Block zu gehen. Vielleicht konnte er ja von der Rückseite näher an das Gebäude herankommen. Kendzierski folgte der Straße und bog nach hundert Metern links ab. Etwa auf der Höhe der Transportfirma befand sich eine Autowerkstatt. Zumindest deutete darauf das grüne Dekra-Schild hin. Auch hier eine graue kleine Halle, vor der mehrere Autos standen. In einigen hingen vergilbte neonfarbene Verkaufsschilder. Wie lange hatte er keine Neonfarben mehr gesehen? Unendlich lange. Es musste über zehn Jahre her sein, als man sogar T-Shirts in diesen Farben getragen hatte. War da nicht noch eine neongelbe Sporthose in einer seiner Umzugskisten? Die musste weg. Ein Kandidat für die Altkleidersammlung. Er schüttelte den Kopf.

Das Tor der Werkstatt stand offen. Er ging langsam über

den Vorplatz. Der betonierte Boden hatte reichlich Risse, durch die sich Grün zwängte. Das große Wellblechtor der Halle, auf das Kendzierski zusteuerte, war verschlossen. Es war als Rolltor nach beiden Seiten aufzuziehen, besaß aber außen keinen Griff. Er ging langsam an der Halle entlang nach hinten auf das Grundstück. Direkt hinter dem Gebäude verlief ein Zaun. Kendzierski konnte das polnische Transportunternehmen dahinter erkennen. Die Halle glich der der Autowerkstatt. An der Rückseite war mit weißen Steinen ein niedriger Bau angehängt. Nur er hatte Fenster. Sie waren vergittert. Die Scheiben schmutzig. Die Lagerhalle selbst hatte keine Fenster.

„Was wollen Sie hier?"

Kendzierski drehte sich erschrocken um. Vor ihm stand ein mächtiger Kerl mit langen zotteligen Haaren und einem ebensolchen dunklen Bart. Breitbeinig versperrte er den Weg zurück. Unter seiner blauen Latzhose, die reichlich ölverschmiert war, zeichnete sich überdeutlich ein dicker Bauch ab. Stille. Fragend und drohend blickte der andere ihn an.

„Ich brauchen TÜV." Kendzierski gab seiner Stimme einen hörbar polnischen Akzent. „Mein Schkoda, nicht ich." Er lachte laut auf. Das konnte der ihm nicht abnehmen. Eindruck machte das sicher nicht auf den Dicken. Der verzog keine Miene. „Ist zehn Jahre alt und braucht TÜV. Wann kann ich bringen?"

Das Misstrauen schien langsam aus dem Gesicht des Bären zu weichen. Seine Haltung blieb drohend. „TÜV machen wir montags. Bringen Sie den Wagen am Montag um acht. Abends können Sie ihn dann wieder abholen." Er machte den Weg frei und ließ Kendzierski vorbei.

„Eine Frage noch. Ich haben Transport nach Polen und suchen Czarnowski, Transporte. Ist hier irgendwo?"

„Der ist auf der anderen Seite. Da müssen Sie außen herum. Da ist aber nur selten jemand da. Wahrscheinlich ist es besser, wenn Sie anrufen."

Kendzierski verließ langsam den Hof. Er ärgerte sich über sich selbst. Was hatte er hier zu suchen und warum musste er unbedingt den Privatdetektiv spielen? Die Sache war erledigt. Es war nicht seine Aufgabe, irgendwelchen polnischen Kleinkriminellen hinterher zu spionieren. Seine Neugierde konnte er aber nicht unterdrücken. Es interessierte ihn, was es mit Bachs totem Polen auf sich hatte. Und vor allem wollte er wissen, was der mit diesem Czarnowski zu tun hatte. Vielleicht war der die Verbindung zu den Ereignissen von vor zehn Jahren.

Er hatte das Gefühl, dass das alles hier mächtig stank.

9

Kendzierski hatte sich dafür entschieden, sein Abendessen beim alten Grass einzunehmen. Seine Wohnung ödete ihn an. Sie stand zum Teil noch voller Umzugskartons, die er notdürftig in einem Zimmer in einer Ecke verstaut hatte. Zum Einrichten der Wohnung fehlte ihm die Motivation. Mehrmals hatte er einen Versuch unternommen, die eine oder andere Kiste auszupacken. Sehr weit war er dabei nie gekommen. Ein paar Bücher standen in einem sonst vollkommen leeren schwedischen Holzregal. Da sich in den verbliebenen Kisten kaum Dinge befanden, die für das tägliche Leben unbedingt notwendig waren, empfand er es nicht als große Last, mit einer begrenzten Anzahl Kleidungsstücke zurechtzukommen. Dafür gab es ja nun mal Waschmaschinen.

Für ein normales Abendessen war seine Bestellung wohl ein wenig aus den Fugen geraten. Zu verlockend war das überschaubare Angebot. Die Speisen nahmen, im Gegensatz zum Wein, nur zwei Seiten der ansonsten sehr umfangreichen Karte ein. Aber von den zehn Gerichten, die es gab, hatte ihn fast jedes angesprochen. Nach längerem Überlegen hatte er sich für eine Kaninchenpastete als Vorspeise und einen Burgunderbraten entschieden. Aus Kaninchen machte er sich eigentlich nicht viel. Aber wie alle anderen Gerichte bei Grass hatte auch die Pastete ihre Weinkomponente und die hatte ihn neugierig gemacht. Kendzierski war gespannt auf das Gelee von einer Beerenauslese, das es zur Pastete geben sollte.

Das, was ihm der alte Grass persönlich mit einem Schmunzeln auf den Tisch stellte, übertraf alle seine Erwartungen. Die Pastete mit ihrer würzigen Kräuternote und das süße Gelee verbanden sich zu einem genialen Geschmackserlebnis. Kendzierski ertappte sich dabei, wie er mit geschlossenen Augen langsam vor sich hin kaute. Nach den ersten Bissen ging er an den Tresen und tauschte sein bereits bestelltes Hauptgericht gegen eine weitere Portion dieser göttlichen Vorspeise ein. Den Burgunderbraten konnte er irgendwann einmal essen. Den Grass schien es zu freuen, denn er brachte ihm mit der zweiten Portion ein Glas der Beerenauslese, die als Grundlage für das Gelee gedient hatte.

„Die schmeckt pur noch viel besser. Das sind die letzten Trauben, die im November geerntet worden sind. Nur noch kleine Rosinen waren das, so eingetrocknet sind die durch die lange Reifezeit am Stock. In einem Weinberg erntet man nur wenige hundert Liter. Es ist das konzentrierte Aroma eines ganzen Jahres. Genießen Sie den Wein. Soviel Geschmack schenkt die Natur, wenn man ihr nur ein wenig Zeit lässt."

Kendzierski dankte ihm mit einem Nicken. An das Essen hier konnte er sich gewöhnen. Entsprechend voll und unbeweglich fühlte er sich, als er den sauber leer gegessenen Teller von sich schob. Zum ersten Mal hatte er das Gefühl, angekommen zu sein. Er ertappte sich bei dem Gedanken, „nach Hause" gehen zu wollen. Und mit diesem „zu Hause" meinte er seine gefliesten 40 Quadratmeter. Als er vor die Tür der Gastwirtschaft trat, atmete er erleichtert die kühle Luft ein. Es war sehr dunkel.

Kendzierski lief eine kleine Runde durch die Nacht. Danach stieg er in seinen Skoda und fuhr auf die Autobahn Richtung Mainz.

Das Hechtsheimer Gewerbegebiet und das polnische Transportunternehmen lagen im Dunkeln. Einige wenige Straßenlaternen warfen ein schwaches Licht. Die meisten schienen kaputt zu sein. Kendzierski fuhr mit seinem Skoda langsam an dem Gelände vorbei. Alles sah still aus. Er bog zweimal links ab und stellte seinen Wagen vor die Autowerkstatt. Wie lange er in der nächtlichen Stille gesessen hatte, konnte er nicht sagen. Kein Auto störte die Ruhe, außer den Laternen war kein Licht zu sehen. Kendzierski lauschte seinem ruhigen Atmen. Er wusste selbst nicht genau, was er hier machte und welchen Sinn das Ganze hatte.

Eigentlich kommen nur Täter an ihren Tatort zurück. Der zieht sie an. Das dient der Aufarbeitung des eigenen Verbrechens. Aber was hatte er hier aufzuarbeiten? Nichts!

Aus dem Handschuhfach nahm er seine schwere Taschenlampe und sein Campingmesser. Sein Handy suchte er vergeblich. Das lag bestimmt noch in der Wohnung oder im Büro. Mist. Wozu sollte er hier ein Telefon brauchen? Also los. Er folgte dem Fußweg. Fenster gab es wenige. Hinter keinem einzigen brannte Licht. Alles war um diese Uhrzeit verlassen. Er ging ganz langsam am Tor Czarnowskis vorbei. Die Kette und das Schloss hingen nun außen. Das Gelände und die Halle lagen dunkel da. Er ging daran vorbei. Auch am verwahrlosten Nachbargelände. Hier war sicher lange keiner mehr gewesen. Der Zaun war vollkommen verrostet. Kendzierski ging langsam weiter. Nach ein paar Metern fand er eine Lücke. Er schob den rostigen Draht zur Seite und drückte sich dann durch die Öffnung. Er spürte deutlich das Kratzen des Metalls an seiner Lederjacke. Vorsichtig tastete er sich an die Hecken heran, die auf dieser Seite die Grenze zum polnischen Transporteur markierten. In ihrem Schutz schlich er Schritt für Schritt an der Lagerhalle entlang, bis er den niedrigeren Anbau auf der Rückseite erkennen konnte. Der besaß auch zu dieser Seite ein vergittertes Fenster. Alles war still. Nur der Zaun trennte ihn von der Lagerhalle. Danach waren es höchstens zehn Meter.

Danach? Nein! Er war nicht deswegen hierhergekommen. Zumindest nicht mit dieser Absicht. Mit welcher Absicht denn sonst? Hier war alles dunkel. Im Schutz der hohen Büsche war es kein Problem, ungesehen über den Zaun zu klettern. Die wenigen Schritte bis zur Halle lagen in tiefer Dunkelheit. Von der Straße war er hier hinten viel zu weit entfernt. Nach einem schwer bewachten Gebiet sah das nicht aus, nicht nach Wachdienst und schwarzer Schutztruppe.

Kendzierski drückte einige Zweige einer größeren Hecke zur Seite und zwängte sich bis zum Zaun vor. Behutsam zog er sich hoch, bis seine Füße Halt in einer der Maschen fanden. Noch rechtzeitig bemerkte er den Stacheldraht, der den Zaun oben abschloss. Vorsichtig hob er sein rechtes Bein darüber und ließ sich auf der anderen Seite hinabgleiten. Für einen ersten Einbruch gar nicht so schlecht.

Ein paar Schritte über Beton. Mit seiner Lampe leuchtete er in das vergitterte Fenster des Anbaus. Im wandernden Lichtkegel konnte er Pappkisten erkennen. Der gesamte Raum, der nicht allzu groß war, schien bis unter die Decke damit vollzustehen. Die braunen Kartons waren kleiner als Umzugskisten. Außer einer Aufschrift, die ihre chinesische Herkunft offenbarte, war nichts zu entziffern. Durch das nächste Fenster auf der Rückseite des Anbaus konnte er in ein Büro schauen. Auf zwei Schreibtischen standen Computer. An der dem Fenster gegenüber liegenden Wand waren Regale mit Aktenordnern zu erahnen. Herumliegendes Papier, Stifte, ein offener Ordner, alles deutete darauf hin, dass hier gearbeitet wurde. Aber was?

Kendzierski wollte eigentlich schon wieder zurück über den Zaun. Er wollte fort von hier. Sein Blick fiel auf den großen metallenen Müllcontainer, der einige Meter von ihm entfernt stand. Vorsichtig schob er den Deckel nach hinten und leuchtete hinein. Die Wände waren schwarz und die Asche auf dem Boden verriet, dass man hier die Papierentsorgung in eigener Regie betrieb. Ein kleiner Haufen schneeweißer Blätter fiel Kendzierski sofort auf. Sie leuchteten in der Ascheschwärze. Es konnten höchstens zwei Dutzend Blätter sein. Er nahm sie und steckte sie in die Innentasche seiner Jacke. Vielleicht hatte sich sein nächtlicher Besuch hier doch gelohnt. Langsam bewegte er sich wieder zurück auf den Zaun zu. Seine Taschenlampe hatte er ausgeschaltet. Der Weg war auch trotz der Finsternis zu erahnen.

Als er aus dem Schutz der Halle heraustrat und die letzen zehn Meter bis zum Zaun zurücklegen wollte, spürte er, dass er mit seinem linken Fuß in etwas Weiches getreten war. Kendzierski griff nach seiner Taschenlampe, die er schon in den Gürtel seiner Hose gesteckt hatte, um sich besser am

Zaun emporziehen zu können. Der matte Schein der Lampe warf reichlich Licht auf die braune Masse, die unter seinem Schuh hervorquoll. Er hob den Schuh leicht an. Der aufsteigende Geruch war eindeutig. „Scheiße“, entwich es ihm kaum hörbar. „Verdammte Scheiße.“

Zeit zum Nachdenken hatte er keine mehr. Gebückt stand er noch da. Aus dem Augenwinkel sah er etwas auf sich zujagen. Es war schwarz und groß. Ein lautes tiefes Bellen durchbrach die Stille. Bis zum Zaun war es zu weit. Keine Zeit zum Hochziehen, zum Darüberklettern. Der Container war näher. Umdrehen. Springen. Stürzen.

Er schaffte es. Zog die Beine hoch. Weiches rammte feste gegen den Container. Dumpfer Aufschlag. Heiseres Bellen. Bleckende gelbe Zähne und rotes Fleisch sprangen bis fast an seine Beine. Kendzierski drehte sich weg und suchte an der Wand hinter sich Halt. Mit seinen Fingerspitzen erreichte er die Dachrinne des Anbaus. Versuchte sich hochzuziehen. Strampelte mit den Beinen. Sein rechter Fuß fand Halt in einer kleinen Lücke zwischen den Steinen. Er drückte sich mühsam ab. Mit einem Bein war er oben. Ließ sich seitlich nach hinten auf das Dach rollen. Erschöpft. Sein hämmerndes Herz durchschlug ihm fast den Brustkorb. Zittern. Zwischen dem Bellen hörte er das Kratzen von Krallen auf Metall. Der Hund sprang immer wieder am Container hoch, rutschte ab.

Er war in Sicherheit. Lag auf dem Rücken. Keuchte.

Langsam wurde sein Atmen ruhiger. Er versuchte zu denken. Stille, Knurren, Stille. Vorsichtig spähte er über die Kante des Flachdaches. Der Dobermann bellte sofort wieder. Abgehackt und keuchend. Kendzierski legte sich zurück. Ruhe, entkommen, gefangen.

Von unten war jetzt nichts mehr zu hören. Er versuchte zu

denken, die blitzenden Gedanken festzuhalten. Warum der Köter jetzt? Runterkommen, raus, weg, wie? Stille. Nicht liegen bleiben. Wie sollte er aus der Sache rauskommen? Hoffentlich hatte niemand den Krach gehört. Er konnte nicht hier liegen bleiben, bis es Morgen wurde. Was sollte er erzählen? Hab hier rumgeschnüffelt, dann kam der Hund, aber ist alles o.k. hier. Es gab nur die Flucht, die Flucht an ihm vorbei. Aber wie? Er hasste Hunde und ihre Scheißhaufen. Es stank widerlich von seinen Füßen herauf. Als ob er mittendrin sitzen würde. Der Schuh war komplett braun verschmiert. Kendzierski musste würgen. Aber es kam nichts. Ich kann doch nicht jetzt hier auch noch hinkotzen. Ich muss weg.

Er zog den verschmierten Schuh aus. Tastete in seiner Jackentasche nach dem Messer. Klappte die Klinge auf und stellte sie fest. Das Messer steckte er hinten zwischen Gürtel und Hose. Es blieb kein anderer Weg. Er musste es versuchen. Wenn es nicht klappte, konnte er immer noch hier oben sitzen bleiben und auf den Morgen warten. Er schwor sich, nie wieder sein Handy zu vergessen.

Kendzierski richtete sich auf und schleuderte seinen linken Schuh auf die andere Seite der Halle. Sollte der Köter seine Scheiße doch alleine fressen. Mit lautem Bellen jagte der Dobermann seinem stinkenden Opfer hinterher. Kendzierski griff nach seiner Taschenlampe und sprang über den Container auf den harten Betonboden. So schnell er konnte, rannte er in Richtung Zaun. Als er ihn erreichte und sich hochzog, hörte er das hysterische Bellen. Es kam näher. Das schnelle Klacken der Krallen auf dem Beton. Er spannte seine Muskeln an. Der Stacheldraht bohrte sich tief in seine linke Handfläche. Mit Wucht traf ihn ein unheimlicher Schmerz in der rechten Wade. Das reißende Gewicht des

Tieres zog ihn herunter. Er schlug mit dem Rücken auf. Der Hund hatte ihn im Fallen losgelassen, um nicht unter dem Gewicht des Stürzenden begraben zu werden. Kendzierski schlug mit der schweren Taschenlampe. Das Tier biss zu. In die Lampe, zerrte, riss daran, zog ihn zur Seite. Er roch den Atem. Konnte sich aufrichten, auf die Knie, über ihn. Mit der rechten Hand bekam er sein Messer zu fassen, zerrte es heraus. Stach zu, wieder und wieder, in das Fleisch, feste, tiefer. Das Jaulen hörte er nicht. Das, was vor ihm lag, bewegte sich nur noch durch die Wucht seiner rammenden Stiche.

Er ließ die Lampe los, die er noch immer krampfthaft gehalten hatte, humpelte langsam zum Zaun, schaffte sich darüber.

In seinem Wagen kam er langsam wieder zu sich. Zweimal musste er aussteigen und sich heftig übergeben. Lange saß er mit geschlossenen Augen da. Nicht in der Lage, den Motor zu starten. Unter seinem linken Fuß spürte er das Gummiprofil der Kupplung. Sein Schuh lag irgendwo hinter der Halle.

Er startete den Wagen. Wie in einem tiefen unwirklichen Traum steuerte er den Skoda über die leere Autobahn. Der halbe Mond stand jetzt am Himmel, immer wieder verdeckt von einzelnen Wolkenfetzen. Zuhause zog er den Schlüsselbund heraus und versuchte die Wohnungstür zu öffnen. Sein Blick fiel auf seine zitternde rechte Hand, wanderte an seiner verdreckten Lederjacke den Arm hinauf, alles war blutverschmiert. Er schloss auf, legte sich auf sein Bett und fiel in einen tiefen Schlaf. Es war 3.58 Uhr.

10

Das Klingeln seines Handys weckte ihn. Alle Knochen taten weh. Stechender Schmerz lähmte sein rechtes Bein.

„Guten Morgen, Herr Kendzierski." Verdammt, wer war das? Sein Kopf tat weh. Alles tat weh. Er erinnerte sich dunkel. Das war seine Kollegin Klara Degreif. Eigentlich ganz nett, soweit man das nach zwei Tagen im Dienst sagen kann. Sie war die Gewerbeaufsicht der Verbandsgemeinde. Sein Chef Erbes hatte sie miteinander bekannt gemacht. Sie saß im Büro schräg gegenüber. „Herr Kendsiäke, des iss e padend Fräulein. Mit der abbeide Sie bei striddige Frage zusamme." Es war ihm eigentlich nicht nach solchen Späßen zumute.

„Herr Kendzierski? Ist alles o.k. bei Ihnen?"

„Ja, klar. Warum?" Er versuchte, seiner Stimme einen lässigen Ton zu geben.

„Es ist zehn Uhr, und ich wollte schon mehrmals zu Ihnen. Es gibt da ein paar Dinge, die wir besprechen müssten."

„Ich bin noch bei zwei Außenterminen. Wir können uns um eins treffen. Ich komme zu Ihnen." Ein Stich in der Wade ließ ihn zusammenzucken.

„Wirklich alles in Ordnung?"

„Verdammt, ja!!" Er legte schnell auf. Er musste einmal laut brüllen. Diese Schmerzen!

Sein Handy bestätigte die Uhrzeit. Grell schien die Sonne in das Zimmer. Langsam versuchte er sich unter Schmerzen aufzurichten, saß auf der Bettkante. Sein Blick fiel auf das zerrissene Hosenbein und zerrte die Erinnerung an die vergangene Nacht wieder hervor. Der blaue Stoff war blutig, verschmiert. An seinem linken Bein klebte trockener stinkender Hundekot. Tief waren die Zähne in seine Wade eingedrungen. Um die Wunde herum war alles dick geschwollen. Seine linke Handfläche durchzog ein tiefer blutiger Streifen. Vor Schmerz stöhnend gelangte er ins Badezimmer und versuchte sich die verdreckten Klamotten auszuziehen. Mühsam rieb er Wade und Hand mit einem nassen Waschlappen sauber. Zog sich unter Qualen eine frische Hose an, fand aber keine saubere Jacke, so dass er die Lederjacke notdürftig ausschüttelte, etwas abwischte und wieder anzog.

Auf dem Weg zur Arbeit hatte er gestern das Schild einer Arztpraxis gesehen. Soweit reichte seine Erinnerung dann doch noch. Hoffentlich kam er sofort dran.

Er wankte aus seiner Wohnung. Das grell-weiße Treppenhaus. Zwei Etagen nach unten. Er kam sich wie betrunken vor. Musste immer wieder Halt suchen. Hinaus auf die Karl-Sieben-Straße. Schritt für Schritt. Es zog sich. Er kam zum Kreisverkehr. Ein paar Geschäfte gab es hier. Irgendwo war auch die Praxis. Noch ein Stück weiter. Pariser Straße. Die große Welt in Nieder-Olm. Dort hinten war sein Arbeitsplatz. Humpelnd schleppte er sich in die Praxis und ließ alles über sich ergehen. Nach mehreren Spritzen, genähten Rissen an Hand und Wade, alles weiß verbunden, fühlte er sich nicht unbedingt besser.

„Sie müssen das anzeigen, Herr Kendzierski." Der alte Arzt sah ihn mahnend an. Er nickte einige Male, um seiner Anweisung zusätzliches Gewicht zu verleihen. „Das Tier, das Sie so zugerichtet hat, muss dringend aus dem Verkehr gezogen werden. Es könnte noch mehr Menschen gefährden."

Kendzierski nickte, ließ sich noch eine Packung starker Schmerztabletten mitgeben und machte sich dann auf den mühsamen Weg in sein Büro. Er versuchte, möglichst ohne Humpeln vorwärts zu kommen. Probierte verschiedene Lauftechniken. Die wenigsten Schmerzen empfand er, wenn er sein rechtes Bein nur ganz leicht über den vorderen Fußballen abstützte. Ging er langsam vor sich hin, fiel seine Verletzung so kaum auf.

Als er sich durch die Drehtür des Verwaltungsbaus schob, stand der Lokaljournalist vor ihm. Hatte der hier auf ihn gewartet? Ihm aufgelauert? Kendzierski gelang es kaum, seine Gesichtszüge so unter Kontrolle zu halten, dass ihm sein Widerwille nicht anzusehen war. Schmahl lächelte und blickte fragend an ihm hinunter.

„Hallo, Herr Kendzierski, haben Sie sich verletzt? Hat sich jemand zu sehr über einen Strafzettel von Ihnen geärgert?"

„Kleiner Renovierungsunfall. Umgeknickt und in einen Spiegel gefallen. Jetzt habe ich ein paar Schnittwunden an der Hand. Das sieht doch immer viel schlimmer aus, als es wirklich ist. Die Ärzte verbinden einen so, als ob man fast tot wäre." Sein Lachen klang gequält.

Schmahl nickte dennoch verständnisvoll.

„Ich habe gestern auf Sie gewartet. Ist wohl ein wichtiger Termin dazwischengekommen? Wir können das aber gerne nachholen."

„Ja, in den nächsten Tagen."

„Ich lasse nicht locker."

Konzentriert ging Kendzierski weiter, bemüht, nicht zu hinken. Auf den Gängen herrschte Stille. Es war Essenszeit. Die Horden derer, die mit einem kräftigen „Mahlzeit" das Gebäude verließen, waren schon durch. Das war hier wie im Dortmunder Stadthaus, wie überall in der Verwaltung. Zurück blieben nur wenige. Die von ihren Ehefrauen auf Diät gesetzten, die Kaltesser und die Rohköstler. Das waren auch hier wohl kaum mehr als eine Hand voll.

Er hatte gut eine Stunde Ruhe. Lautlos öffnete er seine Bürotür und schloss hinter sich ab. Erst beim Arzt war ihm wieder eingefallen, dass sich in seiner fleckigen Lederjacke noch die Zettel des gestrigen Abends befanden. Er setzte sich an seinen Schreibtisch und holte das zerknickte Bündel Papier hervor, strich die Seiten glatt. Jedes Blatt überflog er, legte es dann neben den Stapel. Es waren Bestellungen in polnischer Sprache von unterschiedlichen Firmen. Wohl vom Fax Czarnowskis. Jeweils immer über mehrere Tausend Artikel, verschiedene Artikel. Diese waren mit Nummern bezeichnet. Mehr war da nicht zu erkennen.

Kendzierski dachte daran, dass die Kisten bei Czarnowski mit ähnlich langen Zahlenfolgen beschriftet gewesen waren. Genau konnte er sich aber nicht mehr erinnern. Zu verschwommen war alles, was die vergangene Nacht betraf. Die Bestellungen stammten, dem Absender zufolge, aus den letzten drei Tagen. Alle Firmen waren in Warschau ansässig. Alles nichtssagende Import-Export-Firmen. Nur eine war näher bezeichnet: „Michalik Import & Export Hodinky." Hodinky sind Uhren. Handelte der Transporteur auch mit Uhren? Ob er der Empfänger der Bestellungen war oder nur der Fahrer der Ware, ließ sich nicht erkennen. Es folgten einige Kopien polnischer Reisepässe, die Einreisevermerke neueren Datums trugen.

Er fühlte Enttäuschung aufsteigen. Das gab alles nicht wirklich viel her. Und selbst wenn es alles gestohlenes Zeug sein sollte, war das nicht sein Problem. Und dafür hatte er sich zerfleischen lassen. Er legte eine weitere Kopie eines Reisepasses auf den Stapel der durchgesehenen Blätter. Noch eine Kopie folgte. Sein Blick blieb an dem Gesicht des Mannes hängen. Er erstarrte, hörte auf zu atmen, sein Herz stockte. Er schaute in Jozefs Augen. Es war der Reisepass des toten Polen.

Kendzierski fror.

11

Der Computer summte leise vor sich hin. Kendzierski versuchte einen klaren Gedanken zu fassen. Sein Gehirn zu ordnen. Welche Erklärungen gab es für diese Kopie im Container? Was hatte der Pole mit Czarnowski zu tun? Bachs Erntehelfer war mit Czarnowski hierhergekommen. Er fuhr regelmäßig mit diesen Kleinbussen zum Arbeiten nach Deutschland und wieder zurück nach Polen. Er ließ von Czarnowski Waren transportieren, die er hier gekauft hatte und in Polen verhökerte. Die Kopie besagte nichts, aber auch gar nichts. Sie brachte ihn keinen Schritt weiter.

Aber warum lag sie gerade jetzt im Container? Das konnte kein Zufall sein. Zwischen dem Polen und Czarnowski musste mehr gewesen sein. Kendzierski wusste nicht weiter. Sollte er Wolf verständigen? Irgendetwas musste getan werden. In die Sache musste Licht gebracht werden. Sicher gab es da noch mehr. Es musste mehr geben. Und irgendwo tief unten fand sich sicher auch der Schuldige für den Tod des Polen. Warum würde Czarnowski die Kopie des Passes sonst gerade jetzt vernichten? Der wollte nicht in Verbindung mit Jozef gebracht werden, das war klar.

Kendzierski tippte auf den Tasten des Computers. Er suchte im Internet nach den Import-Export-Firmen, die bei Czarnowski Waren geordert hatten. Über Michalik stieß er auf eine Internetseite. Auf ihr wurden Uhren angeboten. Einfache billige Uhren. Kendzierski klickte weiter und stieß auf Markenuhren, Rolex, Omega, Breitling. Jede für kaum hundert Euro. Das waren billige Kopien. Das mussten die Waren sein, die Czarnowski transportierte. Der handelte mit chinesischen Fälschungen, versorgte Warschau, vielleicht ganz Polen damit. Nach den Bestellungen, die er im Container gefunden hatte, schien dieses Geschäft ganz gut zu laufen. Mehrere Tausend waren bestellt worden. War das Czarnowskis Hauptgeschäft, der Personentransport nur die Tarnung dafür? Mit acht Transportern ließen sich schon ordentliche Mengen Rolexuhren in den Osten schaffen. Kendzierski war sich sicher, dass hier auch die Gründe für den Tod des Polen lagen. Das passte zusammen. Vor allem mit der Vorgeschichte Jozefs.

Kendzierski wusste nicht wirklich weiter. In seinem Kopf rasten die Gedanken auf einer nicht enden wollenden Achterbahn im Kreis. Fühlte er sich am Ende und angekommen, ging es von vorne wieder los. Langsam ratternd steil nach oben, kurzer Halt, rasend in die Tiefe stürzend, eine Rechts-Links-Kombination, die ihm tief in den Magen fuhr. Kopfüber hing er nach unten, baumelnd. Licht war überall, aber kein Weg heraus. Vorbei ging es immer wieder am toten Polen, unbekannten Personen, die an der Bahn standen. An einer Straßenlaterne lehnte lässig sein Dortmunder Vorgesetzter im schwarzen Anzug. Was wollte der denn da? Am grinsenden Czarnowski sauste er in schneller Fahrt vorbei. Den kannte er doch gar nicht! Ein zerfurchtes Gesicht, fettig glänzend. Die verspiegelte Sonnenbrille hatte er locker in seine schwarzen Haare gesteckt. Er hatte ihn noch nie gesehen. Je länger er weiter raste, desto mehr Personen verschwanden. Nur der tote Pole und Czarnowski blieben übrig. An ihnen ging es immer wieder vorbei.

Kendzierski schreckte hoch. Beinahe wäre er eingeschlafen.

Czarnowski war der Pfad in Jozefs Vergangenheit. Das war sein wichtigster Ansatzpunkt, sein einziger. Hier musste er weitermachen. Wenn Czarnowski schon damals in den 90ern den Transport von gestohlenem Elektrozeugs organisiert hatte und beide bis zum Tod des Polen noch Kontakt hatten, dann lag es auf der Hand, dass ihre Geschäftsbeziehung nicht beendet war. Der Jozef fährt doch nicht fünfmal im Jahr mit seinem ehemaligen Kompagnon durch halb Europa, ohne dass man da wieder zusammenkommt.

Czarnowski musste außerdem bei Jozef in der Schuld stehen. Der war für die Bande ins Gefängnis gegangen. Und wenn er sich dadurch nicht freigekauft hatte, dann hatte er einiges gut bei Czarnowski. Hatte Jozef den unter Druck gesetzt? Hatten die beiden Probleme miteinander bekommen? So ernsthafte Probleme, dass Czarnowski zum Äußersten bereit gewesen war? Hatte Jozef seinen alten Kompagnon erpresst?

Er hatte keine Ahnung, in welche Richtung das alles weitergehen würde. Aber er war sich sicher, dass er die Fortsetzung bei dem polnischen Transporteur suchen musste. Verdammt, das war nicht seine Sache. Die Neugierde trieb ihn an. Ein weiteres Steinchen dieses Mosaiks hatte er jetzt gefunden. Und wenn er sich nicht darum kümmerte, würde das kein anderer machen. Für Wolf war die Sache abgeschlossen, der Gärunfall.

Er schaute auf sein Handy. In einer Viertelstunde war er eigentlich mit seiner Kollegin gegenüber verabredet. So lange konnte er hier nicht herumsitzen und warten. Er humpelte über den Flur. Reiß dich zusammen! Sie war noch beim Mittagessen. Er klebte einen Zettel an ihre Tür. Am Nachmittag war noch genug Zeit. Außentermin an einer Baustelle.

Kendzierski fuhr Richtung Mainz. Abfahrt Hechtsheim. Mehrmals fragte er sich, was das bringen sollte. Er wusste es nicht. Er wollte diesen Czarnowski kennen lernen. Ihn sehen und sich ein Bild von ihm machen. Insgeheim hoffte er, zu spüren, ob er einem Mörder gegenüberstand oder nicht.

Wolf würden diese Neuigkeiten kaum zu mehr Initiative bewegen; das ahnte er, dazu brauchte es wenig Fantasie. Der glaubte an seinen Unfall im Gärkeller. Wie die übrigen Fälle auch, Routine im Herbst während der Weinlese. „Ach, die Gefahr der gärenden Keller. Da achtet dann keiner mehr auf die tödlichen Risiken, die aus dem Fass kriechen. Die Winzer müssen wachsamer werden. Das hatten wir alles schon. Etliche Male. Der Gärunfall, wer bietet mehr?" Halblaut plapperte er vor sich hin.

Er brauchte unbedingt seine Musik-CDs für die Autofahrten. Die lagen in irgendeiner Kiste in seiner Wohnung. Er würde sonst noch verrückt werden. Marillion zur Beruhigung. Misplaced Childhood, das hätte gepasst.

Kendzierski parkte seinen Wagen vor der Werkstatt. Die Schmerzen in seiner Wade kamen zurück. Wie Nadelstiche spürte er jeden einzelnen Zahn noch einmal durch seine Haut in sein Fleisch dringen. Er hielt seine rechte Hand vor sich hin. Sie zitterte.

Einige Zeit hörte er mit geschlossenen Augen seinem Atmen zu. Langsam fühlte er, wie die Ruhe wiederkam.

Er machte sich auf den Weg, schritt konzentriert die kurze Strecke entlang, die er auch gestern Abend gelaufen war. Aus einiger Entfernung konnte er erkennen, dass vor der Halle Betriebsamkeit herrschte. Das Tor sah er zum ersten Mal offen. Mehrere Männer waren damit beschäftigt, einen von zwei verbliebenen blauen Ford Transit zu beladen. Als Kendzierski sich der Einfahrt näherte, konnte er erkennen, dass sich in dem Fahrzeug noch weitere Personen befanden. Sie schienen abfahrbereit zu warten. Alles sah heute ganz anders aus. War er gestern hier gewesen?

Entschlossen verließ Kendzierski die Anonymität der Straße. Seine Anspannung wuchs. Es gab kein Zurück. Ab jetzt musste er auf der Hut sein. Aufpassen. Er gab sich äußerste Mühe, normal zu gehen. Er lief gegen den Schmerz an, mit jedem Schritt; nur nicht zusammenzucken.

„Was wollen Sie?“ Einer der beiden Männer, die den Ford beluden, war hinter dem Wagen hervorgetreten. Der andere lud weiter große schwarze Taschen ein. Vor Kendzierski stand ein mächtiger Typ, eine Mischung aus muskulös und fleischig. In schwarzer Bomberjacke, mit kahl rasiertem massigem Schädel. Die verbliebenen Haarreste schimmerten blond auf einer rosigen Haut.

„Mann, was wollen Sie hier?“

„Hier Czarnowski?“

Kendzierski versuchte seiner Stimme wieder einen polnischen Tonfall zu geben. Den anderen schien das kaum zu beeindrucken. Seine Stimme hatte die Breite des Rheinhessischen.

„Ja, was wollen Sie?“

„Möchten großes Paket nach Warschau schicken. Zu meinen Verwandten dort. Über Bekannten habe ich Adresse hier bekommen. Ist Herr Czarnowski da?“

Kendzierski hatte seine anfängliche Unsicherheit verloren. Die Szene schien beherrschbar. Der Fleischige stand ihm fordernd, abwartend gegenüber. Die anderen regten sich kaum. Hinter dem Wagen wurde weiter herumgeräumt. Alles war normal.

„Man hat mir gesagt, ich mich an Herrn Czarnowski wenden. Sind sperrige Sachen, groß, sehr groß.“

„Der Chef ist nicht da. Nach Warschau fahren wir eh erst morgen Mittag wieder. Bring’ die Sachen vor zehn Uhr vorbei. Er ist dann da und Sie können alles mit ihm besprechen.“

Kendzierski blickte an seinem fleischigen Gegenüber vorbei, nach hinten. In einiger Entfernung konnte er die Stelle erkennen, wo der Hund gelegen haben musste, wo er gestern in der Nacht zugestochen hatte. Er konnte sich nur noch schwer erinnern. Es schien weit weg. Vielleicht war es so weit weg, weil es hier plötzlich hell war, weil Bewegung herrschte, weil nichts mehr an den gestrigen Horror erinnerte. Sie hatten Sand über das Blut gestreut. Kendzierski fiel es erst jetzt auf. Heller Sand. Rot schimmerte Blut durch. Hatte der Fleischige den toten Hund wegräumen müssen?

„Komm' morgen früh wieder. Wir haben hier zu tun."

Gab es da jetzt noch eine Möglichkeit, mehr herauszubekommen? Der Fleischige drehte sich langsam von ihm ab. An mehr Unterhaltung war ihm deutlich nicht gelegen.

„Wie oft fahren nach Warschau?" Kendzierski war selbst erstaunt, dass die Worte einfach so aus ihm herausgekommen waren.

Eigentlich hatte er vorgehabt, zu gehen. Er wäre morgen früh wieder gekommen. Dann sollte ja Czarnowski da sein. Ein Paket und eine Adresse hätte er sich bis dahin schon zurechtgemacht.

Der Fleischige drehte sich nach einem weiteren Schritt in Richtung der geöffneten Heckklappe träge zu ihm um. Er war genervt. Schnaufte, zischte etwas. Es war das Knirschen seiner Zähne. Er zerdrückte seine Wut zwischen seinen Kauflächen. Wahrscheinlich hätte der jetzt gerne zugeschlagen. Ihn gepackt und vom Hof geworfen. Sein Chef hatte ihm aber heute Vormittag wohl eingebläut, vorsichtig zu sein. Irgendjemand hatte ihren Wachhund abgestochen. Das musste nichts bedeuten. Es konnte ein überraschter Einbrecher gewesen sein. Das war wahrscheinlich. Aber man wusste ja nie. Aufpassen. Daher schlug er wahrscheinlich nicht zu.

„Der Chef kommt morgen früh."

Kendzierski wollte gerade noch eine naive Frage hinterher schieben.

„Wir müssen hier noch packen und du verpisst dich jetzt." Der Fleischige sprach betont langsam und zeigte mit einer eindeutigen Kopfbewegung den Weg in Richtung Ausgang. Mehr war da nicht zu machen. Kendzierski verließ langsam den Hof.

Morgen würde er sich den Chef dieses Ladens einmal genauer ansehen. Aber ganz bestimmt nicht alleine.

12

Auf dem Rückweg kam Kendzierski durch Essenheim. Ein mehrere Meter hohes Ungetüm bog aus einem Feldweg auf die Straße. Laut und langsam fuhr es vor ihm her. Erhaben saß der Fahrer ganz oben in seiner Kabine. An beiden Seiten waren offene Behälter zu erkennen. Die Reste von grünen und roten Blättern deuteten darauf hin, dass das Gerät aus den Weinbergen kam. Hielt Kendzierski seinen Wagen genau dahinter, so konnte er durch eine große Öffnung in das Innere und sogar ganz hindurchschauen. Es ging durch die engen Gassen des Dorfes so langsam voran, dass er sich entschloss, bei Bach vorbeizuschauen.

Er bog auf den großen Hof. In der geöffneten Scheune bewegte sich etwas. Er stellte seinen Wagen ab und ging in Richtung Kelter. Mal wieder. In der Mitte der Scheune auf halbem Weg zur Kelter stand eine große grüne Wanne. Petr stand da und rührte mit einem langen Holzstiel in einer Flüssigkeit. Kendzierski hielt das zuerst für Wein. Als sich seine

Augen an die dunklere Umgebung gewöhnt hatten, konnte er erkennen, dass der Pole in einem dickflüssigen hellbraunen Brei rührte. Aus der Wanne führte ein Schlauch nach hinten. Er endete an einem Gerät, das wie eine riesengroße Ziehharmonika aussah und ein hämmerndes Geräusch von sich gab. Im Takt dazu wippte der Schlauch.

„Wird das auch mal Wein?“ Kendzierski hatte Bach vor den Stahlfässern auf der zweiten Ebene der Scheune erkannt. Der Winzer stand vor einem großen Fass, dessen Luke offen war. Eine Lampe leuchtete das Innere hell aus. „Wenn das Wein wird, dann komme ich doch lieber wieder auf Bier zurück.“

„Sie kommen auch nicht los von uns. Ich werde Sie im Winter als Weinbauschüler einstellen, damit Sie mal die wichtigsten Handgriffe lernen. So oft, wie Sie hier sind, können Sie ruhig noch ein bisschen mithelfen.“

Bach kam die Leiter herunter und schaute in die fast gefüllte Wanne.

„Da hat der Filter noch einiges zu tun. Rühr mal noch zehn Minuten weiter, Petr, dann reicht das.“

Er wandte sich an Kendzierski: „Wir nennen das den Trub. Wenn die Trauben gepresst werden, dann nimmt der Saft Reste der Schalen, des Fruchtfleisches und Verunreinigungen von den Trauben mit. Die müssen vor der Gärung raus, weil sie den Geschmack des entstehenden Weines negativ beeinflussen. Der trübe Saft kommt in ein Fass und bleibt über Nacht stehen. Die Trubstoffe sinken nach unten und der Saft wird ganz klar. Am nächsten Tag holen wir dann den geklärten Saft heraus. Übrig bleibt das, was Sie hier drin sehen. Bei 5000 Litern Saft sind das so etwa 250 Liter. Die werden dann filtriert. Der Filter steht dort hinten. Am Ende bleiben noch 50 Kilo braune klebrige Masse übrig, die wir als Dünger wieder in den Weinberg bringen. Erst wenn der Wein vorgeklärt ist, soll die Gärung beginnen. Das ist eine der wichtigsten Grundlagen für einen ordentlichen Wein."

Kendzierski beobachtete, wie der Holzlöffel gleichmäßig die dicke Brühe durchzog.

„Der Filter braucht bestimmt noch zwei bis drei Stunden, bevor er das alles durchgezogen hat. Zuerst geht das sehr schnell. Aber je voller die einzelnen Schichten werden, desto langsamer läuft der verbliebene Rest durch. Da muss man dann Geduld haben."

„Ich würde gerne die Sachen vom Jozef durchsehen."

„Das haben Ihre Mainzer Kollegen doch gemacht. Die waren schon am Montag da. Glauben Sie, da etwas zu finden?"

„Ich selbst weiß nicht einmal, wonach ich suchen soll."

Bach schloss Kendzierski die Eingangstür der Wohnung auf, die sich im zweiten Wohnhaus des Weingutes befand. Petr und Jozef hatten sich diese Wohnung geteilt, die aus zwei kleinen Zimmern, einem Bad mit Dusche und einer kleinen Küche bestand. Alles sah ziemlich neu aus, vielleicht vor zwei Jahren renoviert, und war aufgeräumt. Auf Jozefs Bett stand eine große Tasche. Der Kleiderschrank war geöffnet. Hosen, Pullover, Unterwäsche, alles lag geordnet darin. Auf dem kleinen Nachttisch am Kopfende des Bettes lag ein polnisches Buch. Es sah nach blutrünstigem Kriminalroman aus, „Jesienna krew" las er, Herbstblut also.

In der geöffneten Tasche fand Kendzierski einige Kleidungsstücke, einen Fotoapparat und einen großen braunen Briefumschlag. Er enthielt Jozefs Pass und noch ein paar weitere polnische Dokumente, seine deutsche Arbeitserlaubnis, einen Satz Passfotos. Neben dem polnischen Krimi entdeckte Kendzierski eine Uhr. Jozef hatte sie wahrscheinlich ausgezogen und sich schon zum Schlafen fertig gemacht. Danach war er in Richtung Kelterhalle aufgebrochen. Es war keine teure Markenuhr.

Kendzierski war enttäuscht. Das gab doch alles nichts her. Vorsichtig hob er die Matratze an und spähte unter das Bett. Nichts weiter. Halt, in der Tasche hatte er doch noch etwas gesehen. Er hatte es einfach zur Seite geschoben. War das ein Werkzeug gewesen?

Kendzierski ließ die Matratze los. Sie knallte auf den Lattenrost zurück. Er zog die Tasche zu sich und wühlte darin. Endlich hatte er das, wonach er suchte. Ein breiter Knauf aus Plastik. Darauf saß ein Metallstab, vielleicht fünf Zentimeter lang. Bei seinem ersten Blick in die Tasche hatte er das noch für eine Art Schraubenzieher gehalten. Irgend eines dieser Spezialwerkzeuge, die man zum Möbelbausatz dazu bekam und die dann beim ersten Krafteinsatz abbrachen. Er verfluchte diese Dinger immer.

Die Spitze passte aber eher in ein Schloss. Kendzierski sah sich im Raum um. In der Zimmertür steckte ein Schlüssel. Weitere Schlösser gab es nicht. Ein Tisch, zwei weiße Gartenstühle aus Plastik. Mehr stand hier nicht. In der hinteren Ecke des Zimmers schien ein Schornstein nach oben zu führen. Der Absatz war deutlich zu erkennen. An der Wand hing ein kleines Bild. Ein Weinberg im grauen Herbstnebel. Kendzierski schob das Bild zur Seite. Darunter befand sich ein kleines metallenes Türchen. Der Schlüssel passte, das Türchen ließ sich leicht öffnen. Kendzierski blickte in eine Öffnung, sie war schwarz gefärbt vom Ruß. Da lag ein brauner Umschlag. Er fühlte deutlich das Pochen in seiner Brust. Vorsichtig zog er den Umschlag heraus. Jozef hatte hier sein Geld versteckt. In dem Umschlag befanden sich gut tausend Euro, fein sortiert und mit einem Gummiring zusammengehalten. Er schob den Umschlag wieder zurück, schloss das

Türchen und legte das Werkzeug in die Tasche. Kendzierski verließ langsam die Wohnung und zog die Tür hinter sich zu.

Bach und Petr waren noch immer in der Kelterhalle beschäftigt. Aus dem von innen beleuchteten Fass war das Plätschern von Wasser, das Schrubben einer Bürste zu hören.

„Und haben Sie etwas gefunden?“ Bach schaute aus der Luke des Fasses hervor. Er hatte eine gelbe Regenjacke an. Seine schwarzen Locken klebten fest. Kleine Tropfen fielen aus seinem Haar.

„Im Schornstein lagen tausend Euro.“

„Ja, ich weiß. Der Jozef hat da seinen Lohn versteckt.“

„Ist das die Summe, die Sie ihm ausgezahlt haben?“

„Er ist seit vier Wochen da. Da müssten das um die Zweitausend sein. Vielleicht hat er schon einen Teil an seine Frau nach Polen überwiesen. Das hat er schon mehrmals gemacht. Die Überweisungen sind ja jetzt nicht mehr so teuer.“

„Haben Sie den Transporteur, den Czarnowski, mal kennen gelernt?“

„Das kann ich nicht sagen. Ich weiß nicht, ob der Czarnowski mal dabei war, als sie den Jozef geholt haben. Das sind bestimmt nur seine Fahrer gewesen. Was haben Sie denn mit dem?“

„Nichts habe ich mit dem. Ich habe mir nur Jozefs Umfeld angesehen und da gehört der nun mal dazu. Hatte er noch andere Kontakte? Ist er hier im Dorf in die Kneipe gegangen?“

„Er ist viel unterwegs gewesen, aber nicht hier in den Kneipen. Die Jungs treffen sich immer reihum. Mal bei uns, mal bei einem anderen polnischen Kollegen. Ich kontrolliere das nicht und es interessiert mich auch nicht. Während der Weinlese sind vielleicht hundert Polen im Dorf. Zum Teil kennen die sich untereinander, weil sie seit Jahren immer im Herbst hierherkommen. Da gibt es Gruppen, die sitzen jeden Abend nach der Arbeit zusammen. Es gibt welche, die wollen nichts miteinander zu tun haben. Das ist eine eigene Welt, die da im September entsteht, für zwei Monate. Und Anfang November, innerhalb einer Woche, ist alles wieder vorbei. In den Weinbergen herrscht dann Stille. Sie sehen keinen Menschen mehr und die Polen sind wieder zu Hause bei ihren Familien. Daran merkt man, dass die Weinlese gelaufen ist und der lange Winter beginnt."

„Hatte Ihr Jozef irgendeinen Kumpel hier? Jemanden, der immer wieder hier mit dabei war?"

„Die letzten Jahre war das der Adam. Der kam fast jeden Abend zum Jozef. Beim Weil hat der gearbeitet. Das ist ein Kollege, der seinen Betrieb so nebenher macht. Er arbeitet aushilfsweise bei einem Gärtner und so sehen die Weinberge auch aus. Wenn der den Adam nicht hätte, wäre das ein totales Chaos. Dort hatte er nur ein kleines Zimmer und musste sich das Bad mit ihm teilen. Der wohnt alleine. Sie können sich vorstellen, wie es da aussieht."

Kendzierski musste an seine Wohnung denken. Zumindest die Kisten sollte er ausräumen und ein wenig Ordnung einkehren lassen. Sonst würde man womöglich bald auch so von ihm reden.

„Aber in dieser Saison ist der Adam nicht mehr gekommen. Da muss es Probleme gegeben haben. Der Weil hat den Lohn wohl nur so nach Lust und Laune bezahlt und das bei 60 Stunden Schufterei in der Woche. Da würde ich auch keinen Spaß verstehen. Also hat sich der Adam eine andere Arbeit gesucht. Der Jozef hat erzählt, dass der im Mai zum Spargelstechen hier in der Nähe war."

Eine große Müdigkeit kam über Kendzierski, als er in seinen Skoda stieg und vom Hof fuhr. Er suchte und suchte und doch kam er keinen Schritt weiter. Es quälten ihn die Gedanken, die Zweifel. War das der richtige Weg? Weiter konnte es nur über Czarnowski gehen. Es musste Licht in Jozefs Vergangenheit, in seine Geschäfte gebracht werden und das ging nur über den polnischen Transportunternehmer.

Und über Wolf. Allein kam er nicht weiter.

13

In seinem Büro arbeitete er die liegengebliebenen Anträge durch und besprach endlich mit seiner Kollegin Klara die strittigen Fälle.

Es war angenehm, mit ihr zusammenzuarbeiten. Sie hatte heute Morgen gemerkt, dass etwas nicht stimmte, als sie ihn aus dem Schlaf riss. Da war er sich ganz sicher. Er hatte sich bisher noch nie länger Zeit genommen, ein paar Sätze mit ihr zu wechseln. Nur der dienstliche Kram. Die Abstimmung zwischen Bau und Gewerbe. Eine gehetzte Bitte, seine Telefongespräche entgegenzunehmen. Sie war jünger als er. Vielleicht Anfang dreißig. Wer konnte das bei einer Frau schon so genau schätzen? Er zumindest nicht. Sie war sympathisch. Dunkelblonde halblange Haare. Er hatte sie bis jetzt immer in Jeans gesehen, kein Kostüm. Festes Schuhwerk. Ihre zierliche Gestalt passte da nicht unbedingt dazu. Sie trug keinen Ehering. Er nahm sich vor, sie auf ein Glas Wein einzuladen. Vielleicht für das kommende Wochenende. Er hatte ohnehin nichts vor.

Für die kurze Ablenkung war er dankbar. Für ein paar Minuten konnte er den toten Polen aus seinem Gedächtnis verbannen, die ewige Wiederkehr der Gedanken unterbrechen.

Aber die stärker pochenden Schmerzen in seiner Wade brachten ihn immer wieder zurück. Es war hoffnungslos. Selbst wenn er es gewollt hätte, den Toten wurde Kendzierski nicht los. Er beschloss, ein ganzes Bündel Akten mit nach Hause zu nehmen. Vielleicht half das ja.

Wieder alleine in seinem Büro, saß er regungslos da. Starrte auf das Telefon vor sich. Seine Augen fielen zu. Etwas ließ ihn hochschrecken. Hatte er geschlafen? Höchstens für ein paar Minuten.

Er nahm den Hörer ab und wählte.

„Wolf."

„Kendzierski hier. Ich brauche Ihre Hilfe."

„Sie haben nicht schon wieder einen Toten in Ihrem Dorf?"

Kendzierski hatte es nicht für möglich gehalten, Wolf zu überzeugen. Überzeugt hatte er ihn auch nicht. Aber der Kommissar hatte sich zu einem Besuch bei Czarnowski überreden lassen. Kendzierski musste sich jedoch eingestehen, dass es nicht die Verbindung zum toten Polen war, die Wolf umgestimmt hatte. Den interessierte der Handel mit den gefälschten Uhren. Die Kollegen von der Abteilung Organisierte Kriminalität seien da sicherlich ganz heiß drauf. Das wäre nicht der erste Fall. Sie verabredeten sich für den nächsten Morgen an einer Tankstelle in der Nähe des Hechtsheimer Gewerbegebietes.

Kendzierski erhob sich schwerfällig von seinem Bürostuhl. Seine Wade strafte ihn mit heftigen Schmerzen. Wolf hatte ihn nicht einmal gefragt, woher er von den gefälschten Uhren wusste. Bei dem Gedanken an den morgigen Einsatz spürte Kendzierski Nervosität in sich aufsteigen. Übelkeit.

Er hatte heute noch nichts Richtiges gegessen.

Das half. Zielstrebig steuerte er den Grass an.

Die Akten ließ er doch lieber im Büro liegen.

Der alte Grass freute sich über Kendzierskis Besuch. Es war noch ruhig im großen Innenhof. Der alte Mann zog sich einen Stuhl heran und setzte sich neben ihn. Kendzierski konnte ihm ansehen, dass sein Leben aus Arbeit bestanden hatte. Sein Gesicht war von tiefen Falten gezeichnet. Auf seinen Schultern lasteten die Jahrzehnte, aber seine Augen waren hellwach und versprühten Energie. Leicht nach vorne gebückt eilte er über seinen Hof, wenn Gäste bedient werden mussten. Jetzt genoss er die Ruhe. Sein Leben war sicherlich meist hektisch. Der Betrieb hier, die Menschen, die täglich unter die großen Bäume strömten und von ihm versorgt werden wollten. Trotzdem wirkte der alte Mann zufrieden.

Als er am Montag mit Wolf hier gewesen war, hatte sich bei dem milden Wetter nach und nach der ganze Innenhof gefüllt. Der Grass war hin und her geeilt, hatte Bestellungen aufgenommen, Wein gebracht. Der hatte das alles ganz alleine im Griff gehabt, ohne dabei seine Freundlichkeit zu verlieren. Mit jedem hatte er ein paar kurze Worte zur Begrüßung gewechselt. Mal kumpelhaft mit einem Schulterklopfen, mal seriös mit einem Handschlag. Der schien jeden seiner Gäste zu kennen.

„Heute fange ich gleich mit einem Hauptgericht an, sonst bleibe ich wieder an Ihren Vorspeisen hängen."

„Ach, Herr Kendzierski, ich könnte mich auch nur von Vorspeisen ernähren. Zehn unterschiedliche, von jeder ein wenig, gerade genug, um den Geschmack einzufangen." Der alte Grass lächelte.

„Entscheiden Sie für mich. Sie sind hier der Fachmann. Ich bin damit überfordert. Bei uns in Dortmund ist das alles doch so viel einfacher. Da hätte ich jetzt eine Currywurst Rot-Weiß bestellt."

„Die Bestellung würde meine Frau sicher als Kriegserklärung werten. An Ihrer Stelle würde ich das nicht riskieren. So ganz neu hier. Verderben Sie es sich nicht gleich mit ihr. Das hat Auswirkungen auf die Größe der Portionen. Die Alternative wäre ein Honigbraten, den meine Frau für heute vorbereitet hat. Das ist ein Schweinebraten, der zwei Tage in einem milden Weinbrand eingelegt war. Der wird ganz dick mit Honig bestrichen und schmort dann über vier Stunden langsam vor sich hin. Dazu gibt es Kürbisspätzle. Das ist besser als eine Currywurst."

„Das klingt überzeugend."

„Den Wein suche ich Ihnen passend dazu aus. Damit wären Sie wahrscheinlich auch überfordert." Er lächelte.

„Wie viele Jahre haben Sie denn für Ihr Weinwissen benötigt? Vielleicht ist da ja bei mir Hopfen und Malz noch nicht verloren."

„Das mit dem Hopfen und Malz ist kein guter Anfang, Herr Kendzierski. Ich werde Ihnen hier regelmäßig Nachhilfe geben müssen, damit das möglichst schnell geht. Als Eingeborener bekommt man das Weinwissen praktisch schon mit der Muttermilch. Sie müssen sich da etwas mehr anstrengen. Hier haben viele in der Familie noch Weinberge. Das war bei uns auch so. Von meinen Eltern habe ich die geerbt. Und die Stöcke so gepflegt, wie ich das als Kind gelernt habe. Man wird damit groß und lernt alle Handgriffe. Als Kind habe ich das verflucht. Mein Vater hatte schon diese Gastwirtschaft. Die Weinberge waren nur ein kleiner Nebenerwerb, nicht mehr. Für unseren Ausschank hier war das schon damals zu wenig. Aber wir mussten als Kinder immer mit raus. An den Wochenenden vormittags. Mit der Hacke oder

der Rebschere. Ich habe das als Qual empfunden. So lange, bis ich der Vater war. Dann mussten meine Kinder mit ran. Ich glaube, denen ging es wie mir damals, denen hat das auch keinen Spaß gemacht."

„Und was ist jetzt mit Ihren Weinbergen?"

„Die haben wir verpachtet. Schon vor ein paar Jahren. Meine Frau und ich, wir schaffen das nicht mehr. Das Alter. Wir Nebenerwerbswinzer sterben so langsam aus. Noch vor fünfzehn Jahren hatte hier fast jeder seinen Weinberg. Die Leute arbeiteten bei Opel in Rüsselsheim und haben das nebenher gemacht. Als Ausgleich zum Fließband, als Zubrot und weil das die Tradition war. Mit der nachkommenden Generation verschwindet das. Denen fehlt die Bindung. Die ziehen weg und haben kein Interesse mehr."

Grass stand auf und begab sich gemächlich in Richtung Küche. Kendzierski genoss die Stille im Hof. Ab und zu war leise ein Auto zu hören, mehr nicht. Er schloss die Augen und versank in ein dunkles schwarzes Nichts.

Als er seine Augen wieder öffnete, stand vor ihm auf dem Tisch ein Glas Weißwein. Langsam bewegte sich der Wein noch im Glas. Grass musste ihn gerade abgestellt haben. Er hatte nichts gehört. Der Wein hatte mehr Farbe als die Weißweine, die Kendzierski bisher getrunken hatte. Er schimmerte fast golden, roch leicht nach Aprikosen und Honig. Genieße mit Ruhe. Das hatte seine Großmutter immer gesagt. Der Wein war ein Vorgeschmack auf den Braten. Ein kräftiger Vorgeschmack. Das Aroma des Weines füllte seinen ganzen Mund aus, legte sich auf seine Zunge. Er glaubte, in einen Apfel zu beißen, in einen süßen gelben. Aber da war noch mehr. Ein Mehr an Süße. Kendzierski fühlte sich an Aprikosen erinnert, vielleicht auch Mirabellen. Er versuchte das Aroma in sich aufzunehmen. Es verwandelte, veränderte sich. Jetzt schmeckte er den Honig, nicht seine Süße, sondern das Aroma. Das blieb ganz lange in seinem Mund. Er zuckte zusammen. Hatte er eben auf dem Wein herumgekaut und hörbar geschlürft? Das konnte nicht sein.

„Sie lernen zu genießen. Das gefällt mir."

Grass war gekommen, um den duftenden Braten zu bringen.

„Was ist das für ein Wein? Der ist ja umwerfend."

„Das ist ein Grauer Burgunder. Mal nicht vom Bach. Der kommt aus einem Weinberg, der über 40 Jahre alt ist und nur wenige Trauben bringt. Die wenigen haben aber ein konzentriertes Aroma und eine ganz intensive Süße. In den meisten Jahren gärt der nicht durch. Die Hefen hören irgendwann mit der Gärung auf und lassen einen kräftigen Hauch Fruchtzucker übrig. Das macht die Fruchtigkeit aus, das intensive Aroma. Das sind dann geniale Weine und die idealen Begleiter für einen Braten, der selbst ein wenig Honigaroma hat."

Kendzierski fühlte sich wohl. Er genoss jeden Bissen und spürte, wie die Anspannung langsam von ihm wich.

14

Kendzierski war schnell eingeschlafen. Das wohlige Gefühl des Weines hatte dabei geholfen. Ein zweites Glas hatte er noch getrunken. Zum ersten Mal seit vielen Wochen schlief er durch.

Vom schrillen Lärm seines Weckers wurde er wach. Noch bevor er richtig wach war, spürte er schon dieses Kribbeln in der Magengegend. Dieses flaue Gefühl, das sich dort breit machte. Die Übelkeit war wieder da. Die Anspannung verursachte sie.

An Kaffee war nicht zu denken. Kendzierski duschte, trocknete sich vorsichtig ab und versorgte seine Wunden. Er zog sich an und machte sich sofort auf den Weg.

Wenn dieser Vormittag vorbei war, nahm er sich fest vor, würde er noch einmal zum Arzt gehen. Seine Wade entzündete sich. Dick geschwollen leuchtete die Bissstelle blau, lila, rot. Laufen konnte er besser als gestern. Dafür verursachte jede Berührung an den Wunden höllische Schmerzen. Er hatte extra eine weite Jeans angezogen, die nicht rieb. Es half wenig.

Dieser verflixte Köter. Diese Verbrecher. Heute waren sie dran.

Kendzierski spürte, dass er heute weiterkommen würde. Dieser Czarnowski war die Verbindung. Über ihn musste Licht in die Sache kommen. Wenn nicht? Dann hatte er ein großes Problem. Wolf würde sein Problem werden.

Kendzierski nahm noch schnell zwei Schmerztabletten. Schluckte sie ohne Wasser im Gehen runter. Den Rest der Packung steckte er in seine Jackentasche. Hoffentlich war das bald überstanden. Dann würde er auch Zeit haben, alles einzuräumen, seine zweite Jacke in einer der Kisten zu suchen und diese hier endlich reinigen zu lassen. Er fuhr in Richtung Mainz. Viel zu früh. Seine Uhr hatte er zu Hause vergessen. Mist. Aber sein Handy verriet ihm, dass es noch eine knappe Stunde dauern würde, bevor er mit Wolf und dem Rest rechnen konnte.

Die Tankstelle war nicht zu übersehen. Langsam fuhr er an ihr vorbei. Viele Straßen kannte er hier noch nicht.

Er nahm die bekannten, die er in den letzten beiden Tagen schon mehrmals gefahren war. Vorbei an den Autohäusern, den heruntergekommenen Bürogebäuden und kleinen Gewerbehallen. Die verfallene Blechbude, zugewachsen, grüne Sträucher über allem, der rostige Zaun mit den Löchern. Die blauen Ford Transit. Langsam näherte sich sein Skoda Czarnowskis Halle. Er sah sechs der Transporter. Es war Bewegung auf dem Gelände. Mehrere Männer liefen umher, mit Bomberjacken. Kendzierski hielt sein gleichmäßiges Tempo bei. Wenn er schon so verrückt war, dann sollte zumindest niemand auf ihn aufmerksam werden.

Neben einem der Wagen stand ein Grauhaariger. Er konnte sein Gesicht undeutlich im Weiterfahren erkennen. Er unterhielt sich mit zwei Männern. Sie standen mit dem Rücken zur Straße. Kendzierski rollte weiter. Versuchte den Grauhaarigen mit seinem Blick einzufangen. Das musste Czarnowski sein. Einer der beiden anderen wandte sich zur Seite. Er schien sich auf dem Gelände umzusehen. Er versperrte jetzt die Sicht auf den Grauhaarigen. Für einen Moment konnte Kendzierski mehr von seinem Gesicht sehen. Er zuckte zusammen und trat auf das Gaspedal. Es war Wolf.

Ihm wurde schwarz vor Augen. Als er wieder klar und deutlich die an ihm vorbeifliegende Umgebung aufnahm, war er schon ein ganzes Stück weitergefahren. Erst das Ende einer Sackgasse, in die er abgebogen war, zwang ihn anzuhalten. Mit zitternden Händen rieb er sich die brennenden Augen, ganz fest. Bitter schmeckte das, was sich aus seinem leeren Magen nach oben drückte.

Was hatte das alles zu bedeuten? Was machte der Wolf da? Er konnte keinen Gedanken festhalten. Das Blut hörte er in seinem Kopf rauschen, pochen. Der steckte mit Czarnowski zusammen. Daher war er bereit gewesen für diese Aktion. Er hatte das alles nicht durchschaut. Um ihn ging es hier nicht, auch nicht um den toten Polen. Da liefen ganz andere Sachen, von denen er absolut keine Ahnung hatte. Die aber wohl etwas mit Wolf und Czarnowski zu tun hatten.

Sollte er einfach von hier verschwinden? Aber wie konnte er die ganze Sache vergessen? Verschlafen heute Morgen. Zu spät dran gewesen. Was ist denn herausgekommen? Keine gefälschten Uhren? Na, dann muss ich mich wohl geirrt haben. Das ist ja auch nicht mein Job. Irgendwie habe ich mich da wohl total verrannt. Klar, dass da gegen den Czarnowski nichts zu machen ist. Und warum sollte der auch den Polen umbringen? Das ist doch sein Landsmann und sein Kunde. Der fährt doch schon seit Jahren mit ihm. Wenn der da jeden umbringen wollte, das wäre ja eine schöne Bescherung.

Kendzierski schaute auf sein Handy. Er musste sich entscheiden, das wusste er. Wenn er jetzt aufgab, war er raus. Er würde keinen Schritt mehr weiterkommen. Die Sache wäre erledigt. Er war im Vorteil. Sie wussten nichts von ihm. Er hatte Wolf und den anderen gesehen. Sie ihn nicht. Das konnte er nutzen.

Er drehte seinen Wagen und nahm einen anderen Weg zurück zur Tankstelle.

Auf dem Parkplatz hielten schon zwei kleine Transporter. Sie hatten getönte Scheiben. Kendzierski sah mehrere Männer darin. Drei standen draußen und rauchten. Er stellte seinen Wagen in einiger Entfernung ab und blieb sitzen. Er war gespannt, wie das jetzt ablaufen würde. Er war sehr gespannt auf das, was ihm Wolf nun präsentieren würde. Einen ahnungslosen und überrumpelten Czarnowski inmitten seiner leeren Lagerhalle? Ein aufgeräumtes Büro ohne Aktenordner? Wie würde sich Czarnowski verhalten? War ihm anzumerken, dass das alles eine große Show war?

Wolf parkte neben den beiden Kleintransportern. Eine zweite Person saß in seinem Wagen. Kendzierski erkannte den anderen. Er war mit Wolf vorhin bei Czarnowski gewesen. Kendzierski stieg aus.

„Guten Morgen, Kendzierski. Sind Sie bereit für Ihren ersten Großeinsatz?“

Kendzierski nickte. Wolf stellte ihm seinen Begleiter als Hauptkommissar Matthias Ehring vor. Der war jünger als Wolf, vielleicht Mitte 40 und deutlich kleiner. Er hatte ein breites Kreuz und wirkte gedrungen muskulös. Das sah nach vielen Hantelbewegungen pro Woche aus. Die Drückbank im Polizeikraftraum. Ehring sei für die Organisierte Kriminalität zuständig. Wolf grinste breit. Mittlerweile hatten sich auch die anderen Männer eingefunden. Erwartungsvoll reihten sie sich um Wolf und Ehring. Es wurde geredet. Einer machte einen Scherz. Lachen. Die Situation glich dem Treffen vor einer Ausflugsfahrt, der Polizeisportclub macht seine Jahrestour.

Ehring unterbrach Kendzierskis Gedanken. „Das Objekt liegt nicht weit von hier. Sie sind ja alle hinreichend informiert. Wir haben lediglich einen Anfangsverdacht. Daher gehen wir moderat vor. Nach unseren Beobachtungen ist das Gelände umzäunt und mit Stacheldraht gesichert.“ Wolf blickte auf Kendzierskis Hand, die noch immer verbunden war. Der konnte sich das zusammenreimen, da war sich Kendzierski sicher. Das war ja auch nicht allzu schwer. Czarnowski hatte ihm bestimmt von dem toten Hund erzählt.

„Wir gehen durch das Tor rein. Wolf und ich gehen vor. Zwei Mann sichern das Tor. Je zwei gehen links und rechts an der Lagerhalle vorbei und sichern nach hinten. Keiner verlässt das Gelände. Der Besitzer ist ein Czarnowski. Los geht's.“

Sie stiegen in die Autos. Kendzierski reihte sich hinter den

Transportern ein. Zusammen fuhren sie zu Czarnowski. Wolf steuerte seinen Wagen durch das geöffnete Tor und hielt direkt vor der Halle. Der erste Transporter parkte daneben. Der zweite stellte sich quer vor der Einfahrt und versperrte sie. Kendzierski hielt direkt dahinter und folgte den herausspringenden Polizisten auf das Gelände.

„Herr Kendzierski, Sie bleiben bei uns." Ehring winkte ihn zu sich.

Kendzierski merkte sofort, dass sich hier einiges verändert hatte. Von dem geschäftigen Treiben der Morgenstunde war nichts mehr zu sehen. Zwei blaue Ford Transit standen vor der Halle. Die vier anderen waren verschwunden. Alles war sehr ruhig. Keine Bomberjacke war zu sehen. Hinter einem der Transporter trat ihnen der Grauhaarige entgegen. Erstaunen zeigte sein Gesicht nicht.

„Sind Sie Herr Zbigniew Czarnowski?"

„Ja, kann ich Ihnen weiterhelfen?"

Czarnowski blieb ganz gelassen. Für Kendzierski war dies zu viel Gelassenheit, zu viel für einen unerwarteten Besuch der Polizei bei jemandem, der mit gefälschten Uhren handelte und vielleicht einen Menschen auf dem Gewissen hatte.

Czarnowski sah anders aus, als sich Kendzierski den Transportunternehmer vorgestellt hatte. Er war sicher über 50 Jahre alt, hatte graue kurze Haare: Der wirkte verdammt unscheinbar. Sein Deutsch war fast akzentfrei. Er sprach ziemlich langsam, konzentriert. Mit dem Czarnowski aus seinen Vorstellungen hatte der nichts gemeinsam. Er war nicht das fiese Narbengesicht mit den zurückgegelten Haaren und der Sonnenbrille. Mehr der Typ rüstiger Vorruheständler aus der Schrebergartenkolonie. Ruhig und überlegt. Mit einer Flasche Hansa-Pils in der Hand, geripptem Unterhemd und kurzer Sporthose, aus der weiße dünne Beine hervorschauten. In Dortmund Brakel. Konzentriert beim Drehen seiner Bratwürste auf dem Grill. Da passte er hin. So konnte er ihn sich gut vorstellen.

„Herr Czarnowski, wir sind von der Polizei. Wir würden uns gerne Ihre Geschäftsunterlagen ansehen und einen Blick in Ihre Lagerhalle werfen. Das ist eine reine Routinekontrolle."

Czarnowski nickte und bedeutete mit einem kurzen Nicken, dass sie ihm folgen sollten. Er ging voran, durch das Tor in die Halle hinein. Die drei hinter ihm. Es roch nach Werkstatt, nach Öl und Auspuffgasen. Gleich am Eingang standen zwei alte BMW ohne Nummernschilder, daneben ein weiterer blauer Transporter. Vor dem Motorraum kniete eine Person im blauen Overall. Sie schraubte etwas. Der Wagen schien stark ramponiert. Im Vorbeigehen merkte Kendzierski, dass die gesamte Seite eingedellt war. Die Scheiben darüber waren zersplittert, das Hinterrad nach hinten gedrückt. Eine Hebebühne, eine geräumige Werkbank und zwei Hochregale bildeten den Rest der kargen Ausstattung. In den Regalen lagen Ersatzteile, in einer großen öligen Wanne etwas, was wie ein Motorblock aussah.

Czarnowski ging weiter auf eine Tür am hinteren Ende der Halle zu. Das mussten die Büroräume sein, im Anbau. Kendzierski erkannte alles wieder. Er konnte durch das vergitterte Fenster nach draußen sehen. Dort musste gleich der große Müllcontainer stehen. Alles sah so aus, wie er es in der Nacht im Schein der Taschenlampe gesehen hatte. Die Aktenordner standen im Regal. Auf den beiden Schreibtischen lagen Blätter verstreut.

„Das ist unser Büro. Möchten Sie etwas Bestimmtes sehen?"

„Wir würden uns gerne Ihre Transportfahrten der letzten beiden Monate ansehen. Können Sie uns Ihre Unterlagen dazu vorlegen?“

Czarnowski nickte und zog mehrere Ordner aus dem grauen Metallregal.

„Das sind die Listen der einzelnen Fahrten. Es ist chronologisch geordnet. Das ist ziemlich viel. Während der Weinlese fahren wir viele Arbeiter aus Warschau und Danzig hierher. Da werden Sie einiges zu tun haben, wenn Sie das alles durchsehen wollen. In den beiden anderen Ordnern sind die Kopien der Pässe. Die sind alphabetisch sortiert.“

Ehring nickte und fing an, in einem der Ordner zu blättern. Wolf zog sich einen der Stühle heran und schlug einen zweiten Ordner auf. Das waren die Kopien aus den Pässen. Kendzierski erkannte sie wieder. Am Ende der Regalwand sah er eine Tür. Sie war nur angelehnt. Da musste der zweite Raum sein. Der Raum mit den Kartons.

Er spürte die Blicke Czarnowskis auf sich. Der musterte ihn eindringlich. Seine Gesichtszüge waren gefroren. Kendzierski spürte die Kälte. Sein Vieh hatte ihn angefallen, was konnte er denn dafür? Wenn er nicht zugestochen hätte, dann würde er jetzt zerfleischt in irgendeinem Krankenhaus liegen. Unter OP-Licht bereit für die zehnte Operation, notdürftig wieder zusammengeflickt.

Das hier war eine Farce und die drei anderen wussten das genau. Er sollte zum Narren gehalten werden. Vorbei an Ehring ging er auf die angelehnte Tür zu. Eigentlich war er sich sicher, dass es in dem Raum dahinter nichts mehr zu entdecken gab. Die würden nicht so blöde sein und das Zeug hier stehenlassen. Weggeschafft hatten sie das bestimmt noch heute Morgen. Schnell in die Transporter und weg damit. Czarnowskis Blicke folgten ihm. Wolf und Ehring schauten weiter in ihre Ordner, auf das weiße Papier. Kendzierski schob die Tür auf. Der kleine geflieste Raum war fast leer. Eine offene Pappkiste stand in der hinteren Ecke. Nach dem Aufdruck hatte sie einmal als Verpackung für einen Computer gedient. Das war alles. Alles war fortgeräumt, saubere Arbeit. Über Czarnowskis Gesicht huschte ein kurzes Grinsen.

Kendzierski hielt es nicht mehr aus. Er hätte liebend gerne gebrüllt, geschrieen, diese Fassade umgestoßen. Befreiend wäre das. Er musste raus hier. Er verließ das Büro und ging langsam durch die Halle. Zwei Polizisten waren damit beschäftigt, die Schubladen der Werkbank durchzusehen. Auch die würden nichts finden.

Er erreichte die Tür und trat nach draußen. Es hatte zu nieseln begonnen. Er musste an Bach denken. Der hatte an diesem Wetter bestimmt keine große Freude. Hoffentlich hatte er seine roten Trauben rechtzeitig geerntet. Die beiden Polizisten in der Einfahrt rauchten und lehnten lässig an ihrem Wagen. Dieser Spuk musste bald ein Ende haben. Er fühlte sich gedemütigt. Einen klaren Gedanken konnte er nicht fassen. Weg nur, einfach nur weg. Wolf und Ehring kamen aus der Halle, zusammen mit Czarnowski.

„Wir müssen jedem Hinweis nachgehen. Das verstehen Sie sicherlich. Vielen Dank für Ihre Mithilfe und entschuldigen Sie die Unannehmlichkeiten.“ Die beiden Kommissare verabschiedeten sich.

„Wir brechen auf. Kendzierski, ich melde mich heute Nachmittag bei Ihnen.“ Scharf hatte das geklungen. Drohend. Der wollte mit ihm abrechnen.

Vorbei. Endlich. Kendzierski stieg in seinen Skoda und wartete bis die drei anderen Wagen abgefahren waren. Er fuhr mehrere Runden durch das Gewerbegebiet, immer auf anderen Straßen.

Auf dem Parkplatz eines Supermarktes sah er vier blaue Ford Transit stehen, innen stapelten sich große Kisten und Aktenordner. Alles kreuz und quer, in großer Eile hineingeworfen.

15

Kendzierski schloss die Tür zu seinem Büro auf. Er war noch immer durcheinander. Das passte nicht zusammen. Die beiden Kommissare und der kriminelle Czarnowski. Er konnte sich einfach nicht vorstellen, dass die unter einer Decke steckten. Seine Fantasie reichte nicht aus, um eine glaubhafte Verbindung zu konstruieren. Mit einem Kopfschütteln bedachte er jede seiner Theorien. Wolf konnte doch nicht in den Schmuggel gefälschter Uhren verwickelt sein. Das ergab keinen Sinn. Ein Kriminalkommissar, der Mörder suchen soll, bringt doch dem Polen nicht viel.

„Ja?" Kendzierski war so in seine Gedanken versunken, dass er das Klopfen an seiner Bürotür erst beim dritten Mal hörte.

„Störe ich?" Das hatte so kommen müssen. In der Tür stand Schmahl, der Lokaljournalist. Jetzt gab es kein Entrinnen mehr.

„Da Sie ja anscheinend meine Person meiden, muss ich Sie hartnäckig verfolgen." Schmahl grinste.

Kendzierski wägte alle Möglichkeiten ab. Für eine Flucht stand nur noch der Sprung durch das Fenster offen. Dann doch lieber Schmahl, als eine weitere Verletzung. Die Fleischwunde an seiner Wade, der Riss in der Handfläche, da musste jetzt nicht noch ein Knochenbruch hinzukommen.

„Na, wenn Sie jetzt schon mal da sind, dann können Sie auch gleich reinkommen."

„So viel Gastfreundschaft von Ihnen, Herr Kendzierski. Muss mir das zu denken geben? Wenn Sie mir jetzt noch einen Kaffee anbieten, falle ich vom rechten Glauben ab."

Schmahl nahm auf dem ihm angebotenen zweiten Stuhl Platz. Er schien sichtlich zufrieden mit seinem ersten Erfolg. Er machte es sich bequem, schlug die Beine lässig übereinander und schaute Kendzierski erwartungsvoll an. Rechnete der jetzt wirklich mit einer Tasse Kaffee? So weit würde es noch kommen. Von den stundenlangen Kaffeetreffen mancher Kollegen hatte er schon in Dortmund nichts gehalten. Dieses Herumsitzen unter dem Vorwand Arbeitsgespräch, Klatsch und Tratsch. Kurzes Meeting hieß das in seinen letzten Wochen dort. Der neue Chef hatte die moderne Bürosprache eingeführt. Meeting und Jour fixe. Was das letzte genau bedeutete, wusste er bis heute nicht so richtig. Kein Kaffee, sonst richtet der sich hier noch häuslich ein!

„Haben Sie sich hier schon gut eingelebt, Herr Kendzierski?"

„Das wird noch ein wenig dauern. Ich muss mich an die Ruhe hier erst gewöhnen. Ansonsten bin ich zufrieden."

„Ruhe? Sie sind in der aufregendsten Zeit hier. Vielleicht ist während der Fassenacht noch mehr los. Aber gleich danach kommt die Weinlese. Da ist so viel Leben draußen und in den Ortschaften. Sie werden das noch merken, wenn sich die Totenstille danach wieder über alles legt. Im November können Sie durch die Orte fahren und begegnen manchmal nicht einem einzigen Menschen. Das ist Ruhe und dann werden Sie sich nach Ihrer Großstadt zurücksehnen."

„Dort, wo ich eigentlich herkomme, sind die Ortschaften noch viel kleiner und weit verschlafener als hier. Waren Sie schon einmal im Sauerland? Meine Heimatgemeinde dort hatte gerade mal 300 Einwohner. Das ist ein Nest. Dagegen ist Nieder-Olm eine Stadt."

„Gut, lassen wir das. Man kann es hier schon aushalten. Waren Sie dabei, als man den toten Polen aus der Kelter geholt hat?"

Kendzierski nickte. Ein Reflex. Er bereute es sofort. Er hatte keine Lust mit ihm darüber zu reden. Überhaupt nicht.

„Es wird erzählt, dass er mehrere Tage im Gärfass gelegen hat und ganz blau eingefärbt war. Ein scheußlicher Tod. Ersoffen in der Maische. Mitvergoren. Ekelhaft."

Kendzierski nickte nur. Er wollte nicht. Nicht mit dem.

„In diesem Jahr ist das extrem mit den Gärunfällen. Ich kann mich nicht daran erinnern, dass es mal in einer Weinlese drei Tote gegeben hat. Drei Tote im Herbst hatten wir hier noch nie. In den meisten Jahren passiert nichts. Die Leute sind vorsichtiger geworden. Die haben Lüftungen in ihren Kellern und außerdem werden die Weine heute anders vergoren als früher."

Kendzierski versuchte interessiert zu schauen. Scheinbar gelang ihm das. Schmahl erzählte weiter.

„Ja, die Gärung läuft heute anders ab. Um die Weine fruchtiger zu bekommen, werden die Fässer gekühlt. Das verlangsamt die Gärung und macht die Weine aromatischer. Die gären dann zwei, drei Wochen vor sich hin. Früher hat man da nichts gemacht. Die Fässer sind warm geworden durch die Gärung und die Wärme hat die Gärung dann noch zusätzlich angeheizt und die Temperatur noch weiter nach oben getrieben. Das Aroma ging dabei kaputt. Da sind in kürzester Zeit riesige Mengen Gärgase freigesetzt worden. Die kleinen niedrigen Keller wurden zur Falle. Das ist heute eigentlich anders. Aber in diesem Jahr wohl nicht."

„Zu viele Sorten sind in diesem Jahr gleichzeitig reif." Kendzierski nickte wissend.

Schmahl grinste und schaute ihn anerkennend an. „Ich bin beeindruckt. Nach einer knappen Woche schon so viel Weinsachverstand."

War da ein Hauch Spott in seinem Gesichtsausdruck zu erkennen gewesen?

Kendzierski musste lachen und sich eingestehen, dass der Schmahl einen ganz sympathischen Eindruck machte. Zumindest für einen Journalisten.

„Wenn Sie noch ein paar Abende beim Grass verbringen, dann können Sie ganz sicher mit den meisten hier mithalten. Was das Weinwissen angeht ist das der beste Ort zur Integration."

Woher wusste der das? Verfolgte er ihn etwa? Spionierte er ihm nach, wo er seine Abende verbrachte. Es waren ja eigentlich eher die Spätnachmittage, die er dort herumgesessen hatte.

„Ich wohne nicht weit entfernt. Im Holzamer-Weg. Da komme ich häufiger beim Grass vorbei." Wie eine Entschuldigung hatte das jetzt nicht geklungen. Dafür, dass er ihn beobachtete. Das wäre ihm in Dortmund nicht passiert. Er war auf einem Dorf. Daran musste er sich noch gewöhnen. Hier kannte jeder jeden. Sozialkontrolle. Kein Glas Wein ohne Zuschauer. Er wollte weg von diesem Thema.

„Gibt es eigentlich oft Probleme mit den polnischen Erntehelfern während der Weinlese?"

„Probleme gibt es immer mal wieder. Eine Schlägerei im Suff, einen Unfall. Aber für die vielen Leute, die da kommen, ist das eigentlich nichts. Das verwundert mich jedes Jahr aufs Neue. Die Bevölkerung explodiert im Mai während der Spargelernte und im Oktober während der Weinlese. Offizielle Zahlen habe ich keine. Aber hier in der Gegend sind das schon ein paar hundert Erntehelfer, die da in der Spitzenzeit aus Polen und Rumänien kommen. Man sieht das Gewusel, wenn man durch die Weinberge läuft. Aber das ist auch alles." Kendzierski verstand nicht, was Schmahl ihm damit sagen wollte.

„Sie gucken so ungläubig. Stimmt etwas nicht?"

„Ich kann da nicht ganz folgen."

„Es kommen ein paar Hundert Polen hierher und die sehen Sie in den Weinbergen arbeiten. Da entsteht von einem auf den anderen Tag in jeder einzelnen Gemeinde eine neue Schicht. Eine abgeschlossene Gruppe. Tagelöhner. Die kennen sich untereinander. Die kommen zum Teil schon seit Jahren immer wieder zum gleichen Winzer und wissen, dass ihre Kollegen schon da sind. Es kommt für zwei Monate also eine Gruppe hinzu, die die Größe eines Neubaugebietes hat. Das ist soziologisch hochinteressant. Wie passen die sich in das soziale Gefüge eines Dorfes ein? Gibt es da Reibungen und Konflikte? Ich will Sie damit aber nicht langweilen. Ich habe mal Soziologie studiert. Das holt mich immer wieder ein. Spannend ist die Sache auf jeden Fall."

„Erzählen Sie mir mehr." Kendzierski fand die Ausführungen Schmahls kurios. Und so lange der plauderte, stellte er keine blöden Fragen über seinen Wechsel hierher. Er konnte dieses warum nicht mehr hören. Die verständnisvollen Blicke, das Nicken. Probleme am alten Arbeitsplatz? Ja, ja, das ist schon schlimm. Das kann ich verstehen, dass Sie hierher gekommen sind. Nach Nieder-Olm. Wie wollte das einer verstehen, wenn er selbst es nicht richtig verstand.

Ein leichter Windhauch kam durch das geöffnete Fenster herein. Es war draußen dunkler geworden. Der nächste Schauer schien sich anzukündigen. Die dünnen hellen Haare des

Lokaljournalisten bewegten sich im Luftzug. Für einen Moment standen einige wenige Haare senkrecht in der Luft, um dann zur Seite wegzuknicken. Die große kahle Stelle auf Schmahls Stirn war nun gänzlich unbedeckt. Die zur Seite gewehte Strähne stand vom Kopf ab. Weit in den Raum hinein.

„Das Interessante daran ist, dass Sie von den Polen in den Dörfern nichts mitbekommen. Die bleiben als Gruppe komplett untereinander. Da gibt es über die Arbeit hinaus kaum Kontakt zu den übrigen Bewohnern. Eine abgeschlossene Gruppe eben. Die tauchen nicht in den Kneipen auf, höchstens einmal bei der Kirmes. Aber das ist auch schon alles. Eigentlich ist das verständlich. Die arbeiten viel und hart, damit sich das für sie lohnt. Abends sind sie müde und sie wissen, dass sie nach zwei Monaten wieder nach Hause fahren. Also suchen sie keinen Kontakt. Die werden in den Winzerfamilien mit Essen versorgt und gehen daher nicht zum Einkaufen. Also sieht man sie auch da nicht. Ich finde das faszinierend. Da kommen Hunderte, vielleicht Tausend und man bekommt eigentlich nichts davon mit. Ich habe das immer mit den französischen Kriegsgefangenen verglichen, die auf den Weingütern im Zweiten Weltkrieg eingesetzt wurden. Das klingt jetzt weit hergeholt, dürfte aber einem Hobby-Soziologen erlaubt sein. Die Alten erzählen davon häufig. Da waren auch in vielen Betrieben Erntehelfer im Einsatz, die bei den Familien gewohnt haben. Wenn man den Erzählungen glaubt, war das aber ganz anders. Das war auch eine neue Gruppe im Dorfgefüge. Die haben sich auch untereinander getroffen und so weiter. Aber es hat einen stärkeren Kontakt mit der Dorfgemeinschaft gegeben. Trotz des Krieges. Das waren immerhin die Feinde. Die Franzosen sind in die Kneipen gegangen. Da hat es Freundschaften über die

Nationalität hinweg gegeben und auch mal eine Liebelei. Können Sie mir folgen, Kendzierski?"

„Ja klar. Das klingt spannend. Auch wenn man kein Soziologe ist."

„Aber jetzt reicht es. Sonst rede ich mich noch um Kopf und Kragen. Sie halten mich für einen gescheiterten Geisteswissenschaftler. Eigentlich wollte ich etwas über Sie erfahren. Das müssen wir dann wieder einmal verschieben. Versprechen Sie mir, dass ich in den nächsten Tagen mein Interview mit Ihnen machen darf? Vielleicht passt das dann noch in die nächste Wochenendausgabe. Da lesen die Leute so etwas ganz gerne." Schmahl grinste. „Ein Großstadtpolizist als Verdelsbutze in Rheinhessen. Das ist schon eine gute Geschichte."

Sie verabredeten sich auf ein Glas Wein für den morgigen Abend. Kendzierski musste schmunzeln, als die Tür hinter Schmahl zufiel. Schon ein eigenartiger Typ.

Er machte das Fenster weiter auf. In seinem Büro roch es nach Rauch, so als ob Schmahl mehrere seiner Zigarillos direkt hier gequalmt hätte. Seine Geschichten hatten ihn zumindest für kurze Zeit auf andere Gedanken gebracht.

Er versuchte sich mit einigen Anträgen und Genehmigungen weiter abzulenken. In der Post auf seinem Schreibtisch fand er eine Einladung für den Freitagabend. Er sollte im Verbandsgemeinderat vorgestellt werden. Das war ja schon morgen! Mist! Auf solche offiziellen Termine hatte er wirklich überhaupt keine Lust. Nicken, grinsen, Smalltalk. Er hasste solche Veranstaltungen. Und dann auch noch die blöden Fragen einiger sich selbst darstellender Provinzpolitiker. Eine grausame Vorstellung. Es war nur zu hoffen, dass das alles ganz schnell vorbei sein würde. Aber von diesem Wunschtraum verabschiedete sich Kendzierski innerlich schon, bevor er ihn ganz zu Ende geträumt hatte. Solche Termine dauerten. Und sie dauerten immer dann ganz besonders lang, wenn es um nichts Wichtiges ging und er mit der Vorstellung hinkam, nach einer Stunde ist das durchgestanden. Das war es nie.

Schmahl würde sicherlich lachen, wenn er ihm jetzt mit dieser Begründung absagte. Kendzierski verschob eine Entscheidung auf den Nachmittag. Er machte telefonisch zwei Termine zur Baustellenbesichtigung fest und brach auf. Hier war doch nichts zu erwarten. Am Ende würde sich Erbes noch hierher verirren. Da war die Aussicht auf eine ruhige Fahrt durch die Dörfer angenehmer. Er brauchte Ablenkung und eine andere Umgebung. Die Zeit bis zum Nachmittag würde er anders nicht aushalten. Er verbot sich bis nach dem Mittagessen jeden weiteren Gedanken an die Aktion vom Morgen. Wolf, Ehring, Czarnowski. Gar nicht schlecht als Laienspielgruppe. Würde Wolf ihn anrufen? Bestimmt. Auf seine Ausführungen war er gespannt. War der so abgebrüht, ihm wortgewaltige Vorhaltungen zu machen? Ihn anzubrüllen? Eigentlich war er sich ganz sicher, dass es genau so laufen würde.

Schluss jetzt damit!

16

Der kurze Regenschauer war vorüber. Auf den Straßen war es noch nass. Kendzierski atmete tief durch. Radio? Bloß nicht. Er beugte sich über den Beifahrersitz. Noch immer schmerzte sein Bein fürchterlich. Hoffentlich hatte der Köter keine Tollwut gehabt. Warum hatte der Arzt das nicht untersucht? Im Handschuhfach, ganz hinten, unter dem

Shellatlas von 2000 fand er eine verstaubte CD. Selbst gebrannt, unbeschriftet. Das sah nach seiner letzten Freundin aus. Die hatte für jeden Anlass eine CD gemixt. Urlaubshinfahrt-, Rückfahrt-, Wochenend-, Baggersee- und so weiter-CDs. Naja, besser als nichts. Vielleicht. Er schob die Scheibe in seinen Spieler. Summen. Duran Duran: „A view to a kill." Auch das noch.

Er folgte einer schnurgeraden Landstraße durch abgeerntete Felder, Stoppeläcker, von Zeit zu Zeit unterbrochen durch das satte Grün von Wiesen. In einiger Entfernung sah er die ersten Weinberge. Heute war es ruhig. Erstaunlich ruhig. Die Straße führte direkt auf die Hänge zu. Die Rebstöcke standen bis an die Straße. Es war niemand zu sehen. Gestern noch war emsiges Treiben, heute absolute Stille. Die einzelnen Rebgassen, die an seinem Blickfeld vorbeisausten, waren menschenleer. Nicht einmal eine dieser Erntemaschinen war zu sehen. Trauben konnte er an den Stöcken noch erkennen. Wahrscheinlich lag es am Regen. Alles sah noch nass aus. Die Blätter, die Trauben, der Boden. Langsam bremste er seinen Skoda auf die vorgeschriebenen fünfzig Stundenkilometer. Stadecken hieß die Ortschaft. Da musste er durch. Zur Not würde ihm der kleine Plan weiterhelfen, den er auf seinem Schreibtisch gefunden hatte. Die Verbandsgemeinde Nieder-Olm. Bis er sich hier zurecht finden würde, konnte das noch ein wenig dauern. Die Ortschaften sahen so ähnlich aus. Die Höfe direkt bis an die Straße. Die engen Seitengassen, bei denen man nicht wusste, ob man einmal hineingefahren, auch wieder herausfinden würde. Bruchsteinhäuser, mal ein Fachwerk. Er hielt kurz an, um den entgegen kommenden Bus vorbeizulassen. Kein Gruß, kein Danke schön. Der war genervt: die vielen engen Ortschaften. Keine Freude für einen Busfahrer.

Kendzierski musste an Schmahls soziologische Ausführungen denken. Die polnische Subgesellschaft in den Landgemeinden während der Weinlese. Tausende Menschen, die man nur draußen in den Weinbergen sieht. In den Dörfern sind sie kaum wahrzunehmen. Ob das wirklich so war? Bei Gelegenheit sollte er den Bach mal fragen.

Noch eine Ortschaft weiter. Elsheim. An einer ganz engen Straße wollte jemand ein Gerüst aufstellen. Auf dem Gehweg und zum Teil auf der Fahrbahn. Problematisch war, dass sich da auch noch der Bus und eine ganze Menge Berufspendler täglich hindurchquälen mussten. Kendzierski parkte seinen Wagen und ging die letzten hundert Meter zu Fuß. Die Straße wurde immer schmaler. Die Häuser links und rechts näherten sich mehr und mehr an. Zwei Autos passten hier schon nicht mehr an einander vorbei. Und auch der Gehweg war kaum für eine erwachsene Person gemacht. Zum Glück hatte er nicht wirklich breite Schultern. Er schleifte so schon immer mal an der Hauswand entlang. Die alten nun schiefen Fachwerkhäuser stammten aus Zeiten, in denen zwei Pferdefuhrwerke hier ohne Probleme aneinander vorbeigepasst hatten. Kendzierski konnte sich gut vorstellen, welches Chaos dieses Gerüst bewirken würde. Stau, hundert Meter lange Schlangen im Berufsverkehr in einem kleinen Dorf. Und das über einen Monat. Täglich würde man ihn wahrscheinlich rufen. An eine Umleitung war nicht zu denken. Die Straße, die hierfür in Frage kam, führte durch ein Wohngebiet. Sie war ausreichend breit und für den Autoverkehr gemacht. Seine Kollegin Klara von der Gewerbeaufsicht, die aus der kleinen Gemeinde stammte, hatte ihm erklärt, dass da das eigentliche Problem liege. Der Bürgermeister und sein Stellvertreter wohnten in dieser Straße. Die hatten daher diese Umleitung abgelehnt. Auch für einen Monat. „Parteifreunde von unserem Chef hier.“ Hatte sie mit einem Zwinkern hinterhergeschickt. Das erinnerte ihn sehr an Dortmund. Es ist halt doch überall gleich. Das macht auch vor einem Dorf nicht halt.

Er klingelte an einem kleinen grauen Haus. Es sah heruntergekommen aus. Der Putz war in großen Stücken abgefallen. Überall war das Mauerwerk aus Bruchsteinen durchzusehen. In großen Tropfen fiel Wasser herunter. Das Dach war auch nicht mehr in Ordnung, zumindest die Dachrinne nicht. Das sah er am Pflaster. Das jahrelange Tropfen hatte die Steine freigespült. Eine alte gebeugte Frau öffnete das kleine Türchen im Hoftor.

„Mein Sohn ist hinten im Keller. Da durch die Scheune.“ Sie hatte kein Gebiss im Mund.

Kendzierski ging in die dunkle Scheune. Hier brannte kein Licht. Er musste kurz warten, bis sich seine Augen daran gewöhnt hatten. Er war vorsichtiger geworden, beim Gang in unbekannte Keller. Überall glaubte er Gärung zu riechen. Waren das die Folgen des ersten Arbeitstages? Oder roch es hier wirklich überall nach Trauben, Saft und entstehendem Alkohol? Gleich rechts führte eine Treppe hinunter. Es stank modrig, muffig. Nicht wirklich angenehm. Weiter unten erkannte er Licht.

„Ist da jemand?“ Von unten war Poltern zu hören. Ein dicker blonder Lockenkopf stapfte schwerfällig die Treppe nach oben. Er war vielleicht vierzig Jahre. Schwer zu schätzen. An den Schläfen klebten seine nassen Haare fest. Er schwitzte, war unrasiert. Seine Augen saßen eng beieinander in einem vollen Gesicht.

„Was ist?“

Kendzierski trat einen Schritt zurück, um dem anderen Platz zu machen. Der war fast rund. Unheimlich dick. Seine Zähne gelb. Er trug grüne Gummistiefel, eine verschmierte Latzhose, die wohl auch mal grün gewesen war. Fendt stand auf Brusthöhe.

„Ich komme wegen Ihres Antrages für ein Gerüst. Ich wollte mir das mal vor Ort ansehen. Der Verkehr muss ja in der Zwischenzeit weiterlaufen können."

„Straßen gibt es genug."

Kendzierski erwartete jetzt einen Monolog über Ortspolitik. Aber es kam nichts. Ein Glück. Sie gingen schweigend über den kleinen schattigen Hof. Kendzierski schaute sich im Gehen um. Das alles passte zu dem Dicken. Überall stand Gerümpel herum. Verrostete Geräte. Er erkannte einen alten Pflug. Die anderen Maschinen konnte er nicht zuordnen. An der Wand des Wohnhauses direkt neben der Treppe, die zur Eingangstür führte, stand ein rostiges Ölfass. Shell. Das Ablaufrohr der Dachrinne führte dort hinein. Die Haustür war aus mattem Alu. Die Scheibe darin hatte einen großen Sprung. Sie gingen beide hinaus auf die Straße.

„Was wollen Sie denn am Haus machen?"

„Alles eigentlich. Nötig ist alles. Das sehen Sie ja selbst. Meine Mutter hat hier nie etwas gemacht. Der Vater ist schon lange tot. Der konnte auch nicht, als er noch gelebt hat. Jetzt wird es Zeit. Das Dach muss neu gedeckt werden, die Fassade verputzt und gestrichen werden."

„Da werden die vier Wochen aber kaum reichen, wenn Sie das zum Teil selbst machen wollen."

„Das machen alles Firmen. Ich habe dafür keine Zeit. Draußen ist zu viel zu tun. Ich muss ja alles alleine machen."

Wahrscheinlich hatte Kendzierski zu ungläubig dreingeschaut. Der Dicke fühlte sich zu einer Rechtfertigung bewogen. „Wir haben in dem neuen Baugebiet ein paar Bauplätze liegen. Die verkaufen wir an eine Baufirma. Das bringt ordentlich Geld. Da möbeln wir das alles hier mal wieder auf. Ich will ja auch nicht mein ganzes Leben lang in einer Bruchbude hausen. Den größten Teil meines Lebens habe ich das schon gemacht. Jetzt reicht es."

Kendzierski versuchte sich die Dimensionen eines solchen Gerüstes vorzustellen. Es war klar, dass das hier nicht so hinpassen würde. Zumindest war das ohne eine Umleitung kaum möglich.

„Ich denke, dass Sie ihr Gerüst so stellen können, wie Sie das beantragt haben. Es geht ja bei den Bauarbeiten auch nicht anders. Wir werden dann nur die Straße für eine Richtung sperren müssen. In Richtung Mainz leiten wir den Verkehr durch das Wohngebiet." Kendzierski erkannte ein süffisantes Grinsen im Gesicht des Dicken.

„Na, da sieht der auch mal, wie das ist hier an der Hauptstraße. Eigentlich hätte damals eine Ortsumgehung gebaut werden sollen. Bis zu dem Zeitpunkt, wo der sich dort den Acker gekauft hatte. Groß und billig und dann zu Bauland gemacht. Danach war die Ortsumgehung gestorben. Aber jetzt sind wir auch dabei. Jetzt wird Kasse gemacht."

Da hatte Kendzierski seine Ausführungen zur Ortspolitik. Er verabschiedete sich schnell und ließ den lamentierenden Dicken alleine bei seiner Mutter zurück. Er freute sich schon auf die Diskussionen mit seinem Chef, der von seinem Parteifreund hier in die Spur geschickt werden würde.

Der zweite Termin war unproblematisch. Die Straßensperrung war in Ordnung. Kendzierski machte sich auf den Weg zurück in sein Büro. Langsam kam auch der Hunger.

17

Wolf." Er hatte sofort gewusst, dass er dran sein würde. Sein Pulsschlag hatte sich beschleunigt. Zweimal tief durchgeatmet. Bereit.

„Die Aktion heute Morgen war peinlich. Sie war peinlich für Sie und für mich. Ich habe mich bis auf die Knochen blamiert wegen Ihrer blöden Verdächtigungen. Was haben Sie sich dabei gedacht? Sie haben sich da so hineingesteigert, dass Sie nicht mehr klar denken können. Ich könnte mich ohrfeigen dafür, dass ich das auch noch alles so mitmache. Wenn Sie noch einmal mit einem solchen Scheiß ankommen, bekommen wir ein ernsthaftes Problem miteinander. Lassen Sie uns unsere Arbeit machen und kümmern Sie sich um Ihre Baustellen und die Falschparker. Das reicht."

Kendzierski hörte still zu. Die Ruhe war wiedergekommen. Die Spannung war weg, jetzt, wo Wolfs Reaktion klar war. Der versuchte den polternden Auftritt, die Einschüchterung. Dann würde sich der Kendzierski schon raushalten. Der hatte bestimmt keine Lust, sich noch einmal so zu blamieren. Dem muss man nur zeigen, wer hier das Sagen hat. Wo der Hammer hängt. Das dürfte dann reichen.

„Lassen Sie den Czarnowski in Ruhe. Haben Sie mich verstanden?"

Wolf war fertig. Er schwieg.

Kendzierski atmete in die Stille. War das alles?

„Seit wann kennen Sie denn den Czarnowski schon?"

Kendzierski wartete gespannt ab.

Wolf blieb außergewöhnlich lange ruhig. Es dauerte, bis eine Reaktion kam. „Was meinen Sie?"

„Ich habe gefragt, wie lange Sie den Czarnowski schon kennen."

„Was wollen Sie, Kendzierski?"

„Eigentlich hatte ich eine Frage gestellt und eine Antwort erwartet, keine Gegenfrage."

„Kendzierski, sind Sie verrückt geworden? Hören Sie auf, Schimanski zu spielen." Er brüllte.

Kendzierski fühlte die wachsende Unsicherheit bei Wolf. Der war nicht mehr so souverän. Obwohl er sich alle Mühe gab. Er hätte ihn jetzt gerne gesehen. Gerne gewusst, ob seine gebräunte Gesichtsfarbe in Zornesröte umschlug. Wolf würde nicht mehr locker hinter seinem Schreibtisch sitzen. Wenn er seine Füße auf den Schreibtisch gelegt hatte. Entspannt zurückgelehnt. So, jetzt zeige ich dem Kendzierski mal, wo es lang geht. Dann waren spätestens jetzt die Füße wieder auf dem Boden. Anspannung. Zorn.

„Ich warte immer noch auf eine Antwort von Ihnen."

„Ich kenne den nicht." Wolf hatte die Worte wieder in den Hörer geschrieen. Es klang aber schon merklich leiser. Das war schwach.

„Ich will wissen, was hier los ist. Sie können als Laienschauspieler auftreten. Aber den Profi nehme ich Ihnen nicht ab." Kendzierski hörte ein Schlucken. Stille.

„Kendzierski, das geht Sie alles nichts an. Sie haben damit nichts zu tun und sich verdammt noch mal herauszuhalten. Ansonsten werde ich alles in Bewegung setzen, damit Sie von hier so richtig einen draufbekommen. Sie sind hier der Bezirksbeamte und wir sind die Kripo. Die Zuständigkeiten dürften also mehr als klar sein. Haben Sie das verstanden?"

„Ich will wissen, was los ist. Mehr nicht."

„Das geht Sie nichts an."

„Mir drängt sich der Gedanke auf, dass Sie mit einem Kriminellen unter einer Decke stecken. Dann gibt es da noch einen Toten ..."

„Sie spinnen!"

„... und einen ersten Journalisten, der bei mir heute angefragt hat."

„Verdammt, Kendzierski. Sie zimmern sich da aus allem, was Sie aufschnappen, etwas zusammen. Das stimmt vorne und hinten nicht."

„Ich glaube, es ist einfacher, wenn Sie mir reinen Wein einschenken. Ich habe Sie heute sehr früh bei Czarnowski gesehen. Sie waren lange da, zusammen mit Ihrem Kollegen Ehring. Anscheinend hatten Sie da sehr viel zu besprechen. Es sah auch nicht unbedingt so aus, als ob Sie dort noch nie zuvor gewesen wären. Und dann, eine Stunde später, spielen Sie den entschlossenen Polizisten. Die Uhren und Akten sind fein säuberlich weggeräumt, wenn auch nur drei Straßen weiter. Was soll das alles?"

„Er gehört zu uns." Wolfs Stimme klang erschöpft.

„Wer?"

„Der Czarnowski. Wir arbeiten mit ihm zusammen. Nicht wir bei der Mordkommission, aber die Kollegen von der Organisierten Kriminalität. Ehring. Der Pole hilft uns schon seit ein paar Jahren. Anfangs hatten die Kollegen wohl die Hoffnung, über ihn herauszubekommen, wer alles schwarz hierherkommt. Er sollte Listen führen über seine Mitfahrer. Die hätte man dann mit den Arbeitserlaubnissen abgleichen können. Das war schon ziemlich erfolgreich. Dann gibt er uns Tipps, wenn dubiose Gestalten einreisen oder es mal einer mit dem Schmuggeln übertreibt. Sie haben ihn ganz schön durcheinandergebracht. Mit Ihrer Schnüffelei. Mir ist das auch erst heute so richtig klar geworden. Als der seinen Hund abgestochen an der Halle hat liegen sehen, dachte er, es will ihm jemand an den Kragen. Rache dafür, dass er ihn bei uns angeschwärzt hat."

Kendzierski wusste nicht, ob er träumte. Das klang doch alles so abstrus. Das passte nicht hierher. Die Polizei und ihr Spitzel.

„Warum dann diese Show heute früh?"

„Der Czarnowski wollte nicht mehr. Der hatte die Hosen voll. Wir waren der Meinung, dass es am einfachsten ist, wenn wir so tun, als ob wir Ihrem Hinweis folgen würden. Der Czarnowski sollte merken, dass er uns wichtig ist und wir zu ihm stehen. Und Sie sollten endgültig von dieser idiotischen Mordidee abgebracht werden. Der Czarnowski hat dem polnischen Erntehelfer nichts angetan. Warum sollte er auch? Da ist nichts mehr. Es gibt zwischen den beiden keine engere Verbindung. Hoffentlich sehen Sie das auch endlich ein. Ihre Verdächtigungen sind absurd."

Kendzierski legte den Hörer auf. Er konnte das alles nicht mehr hören. Sein Kopf schmerzte schrecklich. Es war drei Uhr nachmittags. Wenn er jetzt zum Grass gehen würde, dann hätte sicher ganz Nieder-Olm ein Gesprächsthema für die nächsten beiden Tage. Der trinkt schon nachmittags seinen ersten Wein. Von der Arbeit hält der nicht sonderlich viel.

Dabei wollte er einfach nur seine Ruhe. Er wollte raus hier und nachdenken. Nachdenken über diese ganze Sache.

Er musste irgendwie mit sich und dem Toten ins Reine kommen. Zu verworren war alles in seinem Kopf. Die Gedanken schossen umher, ziellos, wahllos, ohne Richtung, ohne Anfang und Ende. Das würde ihn noch verrückt machen. Das alles musste raus aus seinem Kopf. Er hatte sich verrannt. In diese Sache so hineingesteigert, dass er nur noch seinen Mord hatte sehen wollen. Er verfluchte seine Neugierde. Ein billiger Hobbydetektiv. Mehr war er nicht. Getrieben von jedem Mosaiksteinchen, das er entdeckt hatte.

Wolf hatte Recht. Das war nicht sein Job. Der Pole war in

das Gärfass gefallen. Ein schrecklicher Unfall, aber nicht mehr. Der Rest war ein Produkt seiner Einbildung, seiner rasenden Fantasie. Die musste er in den Griff bekommen.

Er gab seiner Kollegin Klara Bescheid und stellte die Rufumleitung an seinem Telefon auf sie um. Er brauchte jetzt eine Stunde frische Luft. Dann würde es seinem Kopf schon wieder besser gehen. Kendzierski griff nach seiner Lederjacke und machte sich auf den Weg.

Hinter dem Verwaltungsgebäude ging es einen leichten Anstieg hinauf, der steiler und steiler wurde. Er atmetet schwer. Ebersheimer Straße. Es folgten ein paar kleinere Seitenstraßen, eine schmale Brücke über Gleise. Dann standen nur noch vereinzelte Häuser. Die Weinberge begannen. Es war noch immer trübe, aber kein Regen fiel. Er bog in einen befestigten Feldweg ein. Das tat gut. Langsam ging er weiter. Die kühle Luft. Die Anspannung löste sich. Ganz langsam spürte er, wie der Druck nachzulassen schien. Der Druck auf seinen Schultern und der in ihm drin. Er konnte wieder tief durchatmen.

Das war kein guter Start gewesen. Ein verwirrender Neubeginn. Das hatte ihn versessen gemacht. Er hatte mit Gewalt eine Aufgabe gesucht, eine Bestätigung, Erfolge. Und das war dann dabei herausgekommen. Ein Desaster. Das wird dauern, bis er dem Wolf wieder unter die Augen treten konnte. Dieser verflixte erste Tag hier. Diese grausamen Bilder, die sein Kopf nicht hergeben wollte. Es war nicht sein Toter. Nicht er alleine war für ihn verantwortlich. Loslassen. Czarnowski war raus. Der Jozef in das Gärfass gefallen und erstickt, ersoffen, untergerührt. Schluss damit.

Er nahm sich vor, heute Abend die Weinkarte beim Grass durchzutrinken. Die trüben Gedanken hinwegzuspülen, sich zu betäuben. Morgen musste er neu beginnen. Vergessen.

Leichte kleine Tröpfchen fielen vom Himmel. Ein feiner Schleier senkte sich langsam nieder. Kein gutes Wetter für die Winzer. Hier hingen noch überall die reifen Trauben. Kendzierski schritt gemächlich weiter, über die Feldwege.

Von hier aus konnte er über das kleine Städtchen mit seinen zwei Kirchtürmen blicken. Klein war es wirklich, aber eigentlich ganz in Ordnung. Alles lief hier stiller ab, ruhiger, weniger Lärm. Bedächtig. Es war auszuhalten. Durch den Regenschleier konnte er die Ortschaften auf den umliegenden Hügeln nur undeutlich erkennen. Irgendwo lag da auch Essenheim. Es musste das Dorf links neben dem Sendeturm sein, der sich auf der Höhe deutlich abzeichnete. Die Weinberge um die Ortschaft herum waren nur zu erahnen. Unten im Tal lag feiner Nebel. Es roch nach Herbst. Ruhig und friedlich wirkte das alles. Durch kniehohes Gras lief er weiter. Er spürte die Feuchtigkeit. Nach wenigen Schritten klebte seine Hose am Schienbein fest. Ein paar Gummistiefel wären eine ordentliche Ausrüstung gewesen. Aber es konnte ja keiner ahnen, dass hier das Gras so hoch stand. Der Feldweg schien kaum genutzt zu werden. Der Weinberg sah entsprechend aus. Rebzeilen waren nicht mehr zu erkennen. Alles war ineinander gewachsen. Die Ordnung war aufgelöst. Eine große grüne Fläche, Gebüsch. Dazwischen hingen vereinzelte rote Trauben. Die waren gut zu erkennen. Da hatte wohl einer seinen Weinberg vergessen.

Schweres Baugerät verriet, dass es andere Gründe gab. Quer durch den Weinberg hatten sie eine breite Schneise getrieben. Die Rebstöcke zu einem großen Haufen zusammengeschoben. Die verbliebenen Zeilen hatten ihre Ordnung verloren, sie lehnten aneinander, versuchten, sich Halt zu geben, schienen zu torkeln wie Betrunkene. Der Feldweg endete in einem Neubaugebiet. Die Stadt fraß sich in ihre Weinberge hinein. Hier war er noch nie gewesen. Alles sah unfertig aus. Die Häuser, die Gärten, die Straßen. Pflastersteine lagen herum. Wo musste er eigentlich lang? Hier ging es nicht weiter. Eine Sackgasse, ein Vorgarten, ein Zaun. Er kehrte um. Immer bergab. Dort unten musste irgendwo das Rathaus sein.

Er schloss sein Büro auf und nahm die Rufumleitung wieder heraus. Kurze Zeit später kam seine Kollegin herein. Ohne anzuklopfen.

„Herr Kendzierski, der Bach hat schon mehrmals angerufen. Der wollte immer wieder mit Ihnen sprechen. Es soll sehr dringend sein. Da ist irgendetwas in einem Gärfass passiert. Der war ganz schön durcheinander. Ich habe nicht verstanden, was der von mir wollte."

„Nein, bitte nicht." Kendzierski schloss die Augen und wünschte sich weit weg.

Verdammt, verdammt. Warum konnte das nicht einfach aufhören? Vorbei sein. Aus.

Sein Skoda gab alles. Ohne Führerschein würde er ein Problem haben, bei seinem Job. Aber manchmal hatte man keine andere Möglichkeit. Er raste aus Nieder-Olm heraus. Schneller.

Am Hang war das Dorf schon zu sehen. Er fuhr die kurvige Straße durch die Weinberge hinauf nach Essenheim. Einen Vollernter erkannte er aus den Augenwinkeln bei der Arbeit. Hier hatte es wohl weniger geregnet. Auch die Straßen waren schon fast trocken. Am Ortseingang musste er stark bremsen. Ein Traktor fuhr vor ihm, mit einem großen Anhänger. Durch die engen Gassen war an ein Überholen nicht zu denken. Durch eine der Seitenstraßen abkürzen? Er kannte sich hier zu wenig aus. Das Risiko erschien ihm zu groß. Da mussten dann nur noch eine Einbahnstraße und eine Sackgasse hinzukommen, dann würde er nicht mehr herausfinden. Der Traktor bog ab. Kendzierski zog vorbei. Vor ihm schob sich ein Bagger auf die Straße. Mist. Langsam schlich er hinter ihm her. Der hatte ein Schild an der Kabine hängen. Hermanns Taxi stand darauf. Spaßvogel. Es kam ihm unendlich langsam vor.

Er bog auf den Hof. Geschafft, endlich. Das Scheunentor war geschlossen. Nur das kleine Türchen darin stand offen. Kendzierski stellte seinen Wagen ab und rannte los. In der Scheune war es dunkel.

„Wir sind hier. Sind Sie das, Kendzierski?"

Die Stimme kam von oben. Von dort, wo die Gärfässer lagen. Er sah immer noch nichts in der dunklen Scheune. Den Weg zur Leiter gleich rechts kannte er aber doch. Er ging vorsichtig weiter. Blieb an etwas hängen, stürzte vorne über. Auf seine Hände. In seine Leiste bohrte sich dumpf ein harter Gegenstand. Schmerzen.

„Verdammte Scheiße." Er musste brüllen. Der Schmerz musste raus.

„Alles in Ordnung bei Ihnen?"

Schemenhaft nahm er seine Umgebung jetzt wahr. Es wurde deutlicher. Neben ihm stand surrend die Pumpe. Er war über einen Schlauch gestürzt, auf die Pumpe gefallen. Das würde einen satten Bluterguss bringen, rot, blau, grün. Nur ein weiterer mehr. Darauf kam es jetzt auch nicht mehr an.

„Ja, es geht. Warum müssen Sie den Kram auch hier in den Weg stellen?"

„Kommen Sie hoch." Kendzierski zog sich die Leiter hinauf. Der Schmerz ließ schon nach. Vorbei an Holzfässern, kleinen und großen. Bach stand mit seinem Petr an einem der Gärbehälter. Er sah anders aus, als der, in dem Jozef zu

Tode gekommen war. Er stand aufrecht, eine übergroße Konservendose. Aus dem oberen Deckel führte ein dickes Stahlrohr heraus, senkrecht nach oben. Bach hatte eine Taschenlampe in der Hand und bückte sich nach unten. Er leuchtete in das geöffnete Fass hinein.

„Das macht mir Angst." Bach stöhnte auf.

Kendzierski hatte im ersten Moment durchgeatmet. Er war froh, dass er Petr sah.

„Was ist da im Fass?" Kendzierski beugte sich nach vorne, zu Bach hinunter und blickte in die dunkle Öffnung. Viel mehr als den ruckartig hin und her huschenden Lichtkegel konnte er nicht erkennen. Bach zitterte. Metallgestänge waren das. Alles rot eingefärbt. Warm und gärend. Schwer die Luft zu atmen, die aus dem Fass kam.

„Wir wollten das Fass leer machen. Da war der Merlot drinnen. Als wir den Stempel eingeschaltet haben, gab das ein Krachen. Das hatte die letzten Tage schon angefangen, jetzt war es aber extremer. Ich dachte, da ist eine Klappe kaputt, eine Stange gebrochen. Wir haben die Maische dann auf die Kelter laufen lassen. Und das da haben wir dabei entdeckt. Ich kann mir nicht erklären, wie es hineingekommen ist."

Bach war bemüht, die Lampe ruhig zu halten. Kendzierski sah eine Stange, baumelnd, rot hing sie nach unten. Ihr breites oberes Ende hing zwischen zwei Metallplatten fest.

„Was soll das?" Kendzierski verstand nichts. Das war doch alles nur Metall, rot.

„Das gehört da nicht hinein." Bach starrte fassungslos in das Innere des Fasses.

„Was denn?" In Kendzierskis Stimme schwang Ungeduld mit. Er konnte da nichts erkennen.

„Das ist ein Rotweinbehälter, bei dem die Stiele und Stängel von einem Stempel immer wieder nach unten gedrückt werden. Während der Gärung in den Saft hinein. Das sieht man an dem Rohr, das oben heraussteht. Es ist mit den Platten verbunden, die hier im Innern zu sehen sind." Bach leuchtete im Fass nach oben auf die nebeneinander angeordneten roten Metallplatten.

„Die werden immer wieder nach unten gedrückt. Alle zwei Stunden. Das ist eine neuere Technik als das Durchrühren mit den Paddeln. Es ist schonender. Weniger Gerbstoffe gelangen dabei in den Wein."

„Aber was ist daran jetzt falsch?" Kendzierski unterbrach Bach. Er hatte wirklich keine Lust auf weitere weinbauliche Ausführungen. Zumindest nicht jetzt.

„Das da gehört da nicht hinein."

Bach leuchtete wieder auf den baumelnden Metallstab.

„Verdammt noch mal, Kendzierski. Das ist ein Paddel aus dem anderen Behälter. Das ist ein Paddel aus dem Fass, in dem der Jozef gestorben ist."

Kendzierski konnte es kaum fassen. Das wollte einfach kein Ende nehmen. Bach redete weiter hektisch auf ihn ein.

„Das ist ein Paddel aus dem Rührbehälter. Ich weiß nicht, wie das hier hineingekommen ist. Ich habe sofort im anderen Fass alles durchgesehen. Dort fehlt keins. Also muss es das Ersatzpaddel sein. Es war mit dabei, als wir die Fässer gekauft haben. Ich habe es irgendwohin gelegt. Wahrscheinlich zu den anderen Ersatzteilen in die Werkstatt. Ich wüsste jetzt nicht einmal, wo ich es finden könnte."

Kendzierski fiel das Atmen schwer. Die dicke Gärungsluft, die Wärme, die aus dem Fass strömte. Das Reden von Bach. Der Tote. Das war zu viel. Er musste weg. Schwerfällig erhob er sich, seine Wade schmerzte. Bach leuchtete noch immer in das Fass hinein. Das hatte er wahrscheinlich schon die letzte Stunde so gemacht. Seit er das Paddel gefunden hatte.

Der konnte nicht verstehen, was da passiert war, wie das zusammenpasste. Kendzierski war sich sicher, dass der Winzer genau wusste, was das zu bedeuten hatte. Der wollte es nicht wahrhaben. Das war zu viel für ihn. Mord.

„Sind Sie sich ganz sicher, Bach, dass Sie dieses Ding nicht aus Versehen da mal reingelegt haben, Sie oder der Petr? Vielleicht mussten Sie etwas rühren. Ich habe keine Ahnung, was man sonst noch damit machen könnte."

„Dieses Ding ist nur ein Ersatzteil. Es lag bestimmt in der Werkstatt unten neben dem Scheunentor. Ich habe es noch nie gebraucht. Die Paddel sind so stabil. Da ist noch nie in den ganzen Jahren etwas kaputt gewesen. Nicht einmal verbogen. Daher habe ich auch gar nicht mehr daran gedacht, dass es dafür noch einen Ersatz gibt. Vergessen. Erst vorhin, als ich hineingeleuchtet habe, fiel mir das wieder ein."

„Wie lange kann das schon da drin liegen?"

„Wir haben den Merlot vor zwei Wochen gelesen."

„Kann das schon davor im Fass gelegen haben?"

„Nein. Bevor der Merlot hineinkam, habe ich das Fass saubergemacht. Ich war drinnen, mit dem Schlauch und der Bürste. Das Ding hätte genau vor meinem Kopf gebaumelt. Das wäre mir ganz bestimmt aufgefallen."

„Das Fass war also voll, als in der Nacht von Donnerstag auf Freitag der Jozef hier umgekommen ist. Wie ist das hier verschlossen? Kann man da drankommen?"

„Jedes Gärfass hat unten ein kleines Türchen, durch das man reinkrabbeln kann und oben einen größeren Deckel. Das kennen Sie ja von dem Rührbehälter. Hier oben ist das genauso. Mit einem Hebel verschließt man das Ganze. Über die Leiter kommt man da einfach dran."

Kendzierski versuchte seine Gedanken zu ordnen. Eine Reihenfolge in die Abläufe zu bringen. Einen Sinn. Der Jozef kommt in der Nacht hier hoch. Er kontrolliert die Fässer. Eins nach dem anderen. Er steht dort hinten auf der Leiter. Am Rührbehälter. Bekommt einen Schlag mit dem Paddel auf den Hinterkopf. Dann fällt er hinein.

Der andere muss das mit angesehen haben. Er hat abgewartet. Er hat ihm nicht geholfen oder ihm nicht mehr helfen können, weil das Rührwerk schon lief. Der musste dann dieses Ding loswerden. Er hat sich die Leiter genommen und sie an das andere Fass gestellt. Nachdem er das Paddel hineingeworfen hatte, musste er die Leiter wieder zurückstellen. Wahrscheinlich kannte er sich hier aus. In der Scheune, im Gärraum. Er wusste, wo er dieses Paddel finden würde. Oder er hat es per Zufall gegriffen. Zu viel Zufall. Der wusste, dass man die Fässer oben aufmachen kann. Das wäre ihm nicht eingefallen. Jemand, der sich hier nicht auskannte, hätte das Ding mitgenommen oder hinter ein Fass geworfen, aber nicht hinein. Da drinnen fand es erst einmal keiner. Zumindest für ein paar Tage war das Mordwerkzeug verschwunden. Weiter hatte der Mörder nicht gedacht. Er war doch in Panik gewesen und gar nicht so abgeklärt. Weg mit dem Paddel, schnell in das Fass. Erst viel später wird ihm klar geworden sein, dass ihm das nur eine Atempause verschaffen würde.

Bach oder Petr? Kendzierski erschrak vor sich selbst. Er musste doch alle Möglichkeiten in Betracht ziehen. Auch diese. Er traute es keinem von beiden zu. Warum sollten sie das machen? Bach bringt nicht seinen besten Mann um. Petr nicht seinen Kollegen, mit dem er zusammenwohnt. Beide hätten das Paddel da wieder herausgeholt. Spätestens nach ein paar Stunden wäre ihnen klar geworden, dass das Mordwerkzeug besser versteckt werden musste. Es musste verschwinden. Das Geräusch des Fasses hätte sie immer wieder daran erinnert. Die beiden konnten das nicht gewesen sein.

Blieb noch die Möglichkeit des Unfalls. Kendzierski war sich sicher, dass die nun endgültig ausgeschlossen war. Die Tatwaffe hing im Fass.

„Glauben Sie an einen Mord?", fragte Bach zögerlich.

„Ich kann mir etwas anderes nur schwer vorstellen. Es sei denn, Sie haben eine ganz einfache Erklärung dafür, wie dieses Paddel hier hineingekommen ist. Überlegen Sie. Versuchen Sie sich an die Tage vor zwei Wochen zu erinnern. Hat der Jozef da etwas repariert? Hat er ein Paddel ausgetauscht? Vielleicht hat er etwas repariert, ohne dass Sie das mitbekommen haben."

„Das kann ja alles gut sein. Aber ich habe das Fass von innen geschrubbt. Da hing nichts. Und gleich danach haben wir die Trauben hier hineingefüllt. Das Paddel kann also erst danach hineingelangt sein. Und in ein volles Gärfass wirft keiner von uns ein Paddel. Das Fass kann dadurch kaputtgehen. Der Stempel kann beschädigt werden. Das muss er gewesen sein. Der, der den Jozef umgebracht hat. Der hat ihn mit dem Paddel erschlagen. Irgendwo läuft der noch herum. Aber wer macht so etwas?"

Kendzierski wusste darauf auch keine Antwort. Er war wieder an dem gleichen Punkt, wie an seinem ersten Arbeitstag. Alles fing wieder von vorne an. Er hatte das Gefühl, der tote Pole würde ein zweites Mal vor ihm liegen. Verdammt nicht schon wieder. Er wollte sich nicht noch einmal in diese Sache hineinsteigern, verrennen, um dann ebenso zu versagen. Sich lächerlich machen.

„Rufen Sie den Wolf an. Das muss der machen."

Kendzierski verließ die Scheune und fuhr zurück. Es war 18 Uhr.

18

Er wollte nicht zurück in sein Büro. In der nächsten Woche musste er unbedingt häufiger präsent sein. Es würde irgendwann auffallen, dass er sich mehr mit seinen privaten Ermittlungsspielchen aufhielt, als mit seiner eigentlichen Arbeit. Erbes würde wahrscheinlich keinen Spaß verstehen. Der wirkte wie einer, der sich noch am Monatsende alle Zeitkarten seiner Angestellten kommen ließ, um sie zu kontrollieren. Ei, der Herr Kendsiäke war ja am Montag erst um 10 Uhr da. Sie wissen aber doch, dass die Gleitzeit um 9:30 Uhr endet. Wir als Behörde stehen unter starker öffentlicher Beobachtung. Sie können sich gar nicht vorstellen, wie sensibel unsere Bevölkerung hier auf so etwas reagiert. Wenn man Sie um zehn Uhr beim Kaffeetrinken sieht. Ich bekomme das dann sofort zu hören. Bei nächster Gelegenheit. Also, Herr Kendsiäke, bitte achten Sie darauf. Wir sind doch ansonsten so zufrieden mit Ihnen. – Arschloch!

Es dauerte einige Zeit, bis er für seinen Skoda einen Parkplatz gefunden hatte. Das Städtchen war zwar klein, aber die Parkplatzprobleme waren wie überall. Zu viele Autos. Zu seiner Wohnung gehörte zwar ein Stellplatz auf dem Gelände des Mehrfamilienhauses. Den hatte sein Vorgänger aber weitervermietet. Dem war es scheinbar egal gewesen, wie weit er bis zu seiner Wohnung hatte laufen müssen.

Kendzierski nutzte den Spaziergang, um sich an einem Kiosk noch mit einer Tageszeitung zu versorgen. Er brauchte Beschäftigung für den Abend. Nach den Ereignissen des heutigen Tages brauchte er ein Buch erst gar nicht in die Hand zu nehmen. Er würde sicher keine Ruhe finden. Die Zeitung war da genau richtig. Ablenkung. Vielleicht war es an der Zeit, wieder einmal über die Anschaffung eines Fernsehers nachzudenken. Er hatte sein letztes Gerät vor anderthalb Jahren rausgeschmissen. Es war zur Sucht geworden. Am Ende lief die Kiste immer, wenn er zu Hause war. Die ganze Nacht. So war es besser.

Er machte sich mit den kargen Resten, die der Kühlschrank noch hergab, ein paar belegte Brote. Dazu ein Bier. Das letzte Hövels aus der Kiste. Bei seinem nächsten Besuch in Essenheim musste er unbedingt mal ein paar Flaschen Wein kaufen. Er hatte nicht geglaubt, dass das so schnell gehen würde. An entsprechenden Nachschub seiner Lieblingssorte Bier war ja hier kaum ranzukommen. Zwischen die Hügel passte der Wein einfach besser.

Kendzierski schlug den Regionalteil der Zeitung auf. Farbige Fotos von dicken Trauben. Rheinhessens Winzer mit der Ernte zufrieden. Ein Bericht zur Halbzeit der Weinlese von Schmahl. Die Winzer lobten den neuen Jahrgang. Menge und Qualität ließen Gutes erwarten. Jetzt müsse es nur noch etwas beständigeres Wetter geben, um gesunde Trauben ernten zu können. Und um die späten Sorten wie den Riesling weiter reifen zu lassen. Bei der starken Nachfrage nach dieser Sorte sei es wichtig für die Betriebe, dass eine gute Ernte eingefahren werde. Vor allem der Export des Rieslings in die USA habe in den vergangenen Jahren sehr stark zugenommen. Riesling-Boom.

Kendzierski rieb sich die Augen. Er war müde. Der Tag war zermürbend gewesen. Sein Bein schmerzte. Wenig erfreulich. Er musste an sein Gespräch mit Schmahl denken. Dem musste er ja noch absagen. Er fand die Karte des Journalisten in seiner Jackentasche. Eine SMS musste genügen. Ein andermal. Schade. Ein Abend mit ihm wäre sicher spannender als der morgige Verbandsgemeinderat. Heißen wir herzlich in unserer Mitte willkommen: den neuen Sheriff.

Applaus. Er würde sich lieber noch einige Geschichten anhören. Soziologische Theorien zur polnischen Subgesellschaft.

„Verdammte Scheiße." Kendzierski wurde es plötzlich heiß. Blut schoss ihm in den Kopf. Er war solch ein Idiot gewesen! So blind und verbohrt. Hätte er dem Schmahl richtig zugehört, dann wäre er vielleicht jetzt schon einen guten Schritt weiter. Er hatte immer nur in eine Richtung gedacht. Das war auch der Grund, warum er sich so verrannt hatte. Immer nur Czarnowski, immer nur das polnische Umfeld. Die Polen bleiben unter sich. Die sieht man kaum, nur in den Weinbergen. Abends treffen die sich untereinander. Da gibt es nur in den Familien Kontakte. Die arbeiten zusammen, die essen zusammen und ansonsten merkt man kaum etwas von den vielen Menschen, die plötzlich da sind. Er war so dumm. Er hatte keinen Schritt weitergedacht. Es nicht einmal versucht, über den Tellerrand hinauszusehen.

Was war mit Jozef? Vielleicht hatte der mehr als ein polnisches Umfeld. Schmahls idiotischer Vergleich mit den französischen Kriegsgefangenen hätte ihn eigentlich wachrütteln müssen. Er kapierte das erst jetzt. Da war ein Ansatzpunkt. Er nahm einen kräftigen Schluck aus der Flasche und griff nach seiner Lederjacke. Ein letzter Versuch, dann sollte doch der Wolf machen, was er wollte.

Es dämmerte schon. Er fuhr in Richtung Essenheim. Eigentlich wollte er zu Bach. Als er das Ortsschild passiert hatte, sah er auf der rechten Seite einen Gasthof. Bis zum Weingut war es nicht mehr weit. Er stellte seinen Wagen ab. Von hier aus konnte er nachher zum Bach laufen. Der war ohnehin bis in die Nacht hinein aktiv und in seiner Scheune. Es sah dunkel aus hinter den Scheiben. Kendzierski drückte die Klinke. Offen. Im Eingang traf ihn schon die typische Luft einer Gastwirtschaft. Eine Mischung aus kaltem Essensgeruch,

Fett und Zigarettenrauch. In diesem Geruchsbild waren die meisten Gasthöfe vereint, die er aus seiner Heimat kannte. Sie variierten lediglich in der Zusammensetzung und Gewichtung der einzelnen Geruchskomponenten.

Der große Raum, in den er durch eine weitere Tür kam, war genauso dunkel. Nur ein paar Lampen spendeten spärlich Licht. Dunkel waren die Wände, dunkelbraun die Stühle und Tische.

Hinter der Theke stand ein blonder junger Kerl. Vielleicht zwanzig, mit einem spärlich sprießenden Oberlippenbart. Der und zwei ältere Männer, die am Tresen saßen, blickten zu ihm herüber. Sie waren die einzigen Menschen in dieser großen Leere.

Er wusste selbst nicht so genau, was er hier wollte. Die fixe Idee trieb ihn an, jemanden zu finden, der den Toten gekannt oder ihm nähergestanden hatte.

Kendzierski grüßte und setzte sich an die Theke. Die beiden neben ihm blickten ihn nun nicht mehr an. Sie fixierten ihre Gläser. Kendzierski hatte einen Barhocker frei gelassen. Auf dem nächsten saß ein hagerer Großer. Sein Gesicht war faltig, grau. Er war deutlich älter als 60. Er saß nach vorne gebeugt. Kendzierski konnte auch so erkennen, dass er einen leichten Buckel hatte.

Neben dem Buckligen saß ein kleiner Dicker, der fast vollständig aus einem massiven Bauch bestand. Er hatte die Dimensionen einer mittelgroßen Regentonne. Er war jünger als der Bucklige. Sein rotes Gesicht glänzte und die Glatze auch. Außer seinem Bauch waren alle anderen erkennbaren Körperteile sparsamer ausgefallen. Er hatte kurze Arme und Beine. Aufgrund seiner Leibesfülle hätte er sich kaum lässig auf der Theke abstützen können. Die Länge seiner Arme reichte hierzu nicht aus. Sein gesamter Körper ruhte auf dem Unterbau aus Barhocker und Bauch. Die kurzen Arme hingen schlaff darüber.

Die Stille, die sich scheinbar bei seinem Eintreffen eingestellt hatte, war noch immer nicht durchbrochen worden.

„Ich hätte gerne ein Glas Rotwein."

Kendzierski spürte sechs Augen auf sich gerichtet.

„Du bist nicht von hier?" Der Bucklige musterte ihn von der Seite. Von dem glänzenden Dicken war ein unterdrücktes Bellen zu hören, das Kendzierski als Lachen deutete. Wo war er hier nur gelandet? Das rheinhessische Horrorkabinett. Die zwei Alten aus der Muppet Show. Er wusste es noch nicht genau.

„Hier kannst du doch keinen Wein trinken. Den Wein, den der ausschenkt, den trinkt der ja nicht mal selber. Den kannst du nicht einfach so trinken. Bub, mach' dem mal einen Colaschoppen. Den schreibst du auf mich."

Der Junge nickte und setzte sich langsam in Bewegung. In den Becher, den er vor sich hinstellte, füllte er bis zur Hälfte Weißwein aus einer großen grünen Flasche. Kein Etikett verriet, was da hineinlief. Dann goss er mit Cola auf und stellte das Glas vor Kendzierski. Das sollte er nun trinken. Wie kam er da wieder raus? Er hasste sich, abgrundtief. Seine Fantasie, seine Versessenheit, diesen Wahnsinn hier. Der Glänzende und der Bucklige prosteten ihm still zu, tranken beide einen tiefen Schluck. Gespannt schauten sie ihn an, abwartend.

Kendzierski setzte das Glas an seine Lippen. Cola, Wein, ein seifiger Nachgeschmack. Nicht so übel, wie er befürchtet hatte, aber auch nicht wirklich ein Geschmackserlebnis. Er nickte den beiden zu. Ein zufriedenes Grinsen war aus ihren Gesichtern zu lesen. Sie fühlten ihre Mission erfüllt. Den Neuen musste man doch zeigen, was es hier Gutes gab. Man konnte sie doch nicht einfach in ihr Verderben rasen lassen. Einen Wein hier ohne etwas dazu zu bestellen. Wie naiv!

„Wo bist du denn her?“ Der Bucklige wagte einen zweiten Versuch, den unbekannten Fremden anzusprechen.

„Aus Nieder-Olm.“

„Und da kommst du einfach so auf einen Schoppen hier hoch?“

„Essenheim gefällt mir und da dachte ich mir, dass ich da doch mal auf ein Glas vorbeischauen könnte.“ Kendzierski begann die Situation langsam zu gefallen. Er hatte sich zwar von dem Gedanken verabschiedet, auch nur eine brauchbare Aussage zu bekommen. Aber zumindest die Viertelstunde, die er für diesen Kübel Colawein brauchen würde, wollte er nicht schweigend absitzen. Das war immerhin seine neue Heimat.

„Was machst du so in Nieder-Olm?“

Der glänzende Dicke brachte sich in die Unterhaltung mit ein. Auch seine Stimme hatte diesen bellenden Tonfall. Oder hustete der die Wörter?

„Ich bin da bei der Verwaltung.“

Die beiden blickten misstrauisch. Das war keine gute Antwort. Das spürte Kendzierski.

„Bausachen. Anträge. Viel Papierkram und wenig zu sagen.“ Die Mienen der beiden hellten sich wieder auf. Sie nickten mitfühlend, wissend. Stille.

„Hier in Essenheim ist ja ganz schön was los.“ Kendzierski versuchte das Gespräch ein wenig zu lenken. Vielleicht war ja doch noch was zu erfahren. „Ist nicht hier der Pole im Gärfass gefunden worden?“

„Das ist schlimm, ja, sehr schlimm.“ Der Bucklige wiegte vor und zurück. Der Glänzende nickte nur.

„Hast du den gekannt?“

Kendzierski ging in die Offensive. Eine Hälfte seines Schoppens hatte er schon geschafft. Er hatte heute kaum etwas gegessen. Den Alkohol glaubte er schon zu spüren. Das gab ihm Mut.

„Der Jozef. Das war ein guter Kerl. Zusammen mit dem Adam. Die waren ja schon seit so vielen Jahren hier." Der Dicke nickte weiter. Er hörte gar nicht auf dabei vor und zurück zu wippen.

„Schoppen haben die bestimmt nicht getrunken. Die haben doch nur gearbeitet von früh bis spät." Der Bucklige wurde langsam lebendig.

„Die zwei? Die sind so ganz anders als der Bach. Er kennt ja nur seine Arbeit, seinen Wein. Richtig fanatisch ist er. Den siehst du nie hier in der Kneipe. Aber der Jozef und vor allem der Adam, die waren öfter hier. Und konnten trinken. Der Adam hat uns mal alle unter den Tisch getrunken. Mit Schoppen, mit Schnaps. Der konnte was in sich hineinschütten, in Mengen, die kennst du gar nicht."

Kendzierski spürte den Alkohol. Sein Glas leerte er mit einem großen Schluck. Er stellte es ab. Ein neues stand da. Er schaute ungläubig.

„Das geht auf mich." Der glänzende Dicke.

„Beim nächsten bist du dran." Der Bucklige grinste.

„Da habt ihr mit dem Toten hier immer gesessen und getrunken?"

„Der war auch immer mal mit dabei. Aber in den letzten Jahren war das mehr der Adam. Der Jozef, der hatte dafür keine Zeit mehr." Der Bucklige zwinkerte mit einem Auge und grinste wissend.

Der wollte mehr erzählen. Das merkte Kendzierski auch nach eineinhalb Schoppen. Vom glänzenden Dicken war nur heiseres Bellen zu hören. Kendzierski schaute den Buckligen fragend an. Schweigen.

„Na, der Adam war oft hier. Mit dem haben wir dann hier

gesessen. Der Jozef hat dann mal kurz vorbeigeschaut. Er hatte andere Verpflichtungen."

„Wie?" Kendzierski zog die Augenbrauen hoch und tat so, als habe er nicht verstanden. Der Bucklige beugte sich zu Kendzierski und flüsterte. Konspirativ.

„Der war auf dem besten Weg, ein Essenheimer zu werden." Er grinste breit. Die Augen halb geschlossen.

„Hä? Wie das?" Neben seinem Glas stand bereits ein neues. Die anderen beiden prosteten ihm zu. Auf seinem Bierdeckel konnte er drei Striche erkennen.

„Na, der hatte hier schon Anschluss gefunden." Grinsen des Buckligen.

„Mann, was soll das denn heißen?" Kendzierski wurde langsam ungehalten.

„Naja, so halt. Du weißt doch, wie das ist. Die Jungs kommen hierher. Die Frau zu Hause in Polen. Drei Monate weg und nur unter Männern." Grinsen.

„Der Adam und der Jozef, die haben bei der Kerb und den anderen Dorffesten immer mal nach den Frauen Ausschau gehalten." Der Dicke bellte laut los und verschluckte sich. Husten, heiser.

„Nur geschaut?" Kendzierski spürte seinen Herzschlag. Er fühlte sich benebelt. Die drei Linien auf seinem Bierdeckel überlagerten sich, wurden zu vier, fünf. Lösten sich wieder in drei auf. Drei?

„Gibt das ein Verhör?" Der Bucklige schaute ihn wippend fragend an.

„Nein, es interessiert mich einfach."

„Ich will da jetzt nicht nach dem Tod schlecht über ihn reden. Er war ein guter Kerl. So wie das aussieht, hat er zwei Witwen hinterlassen."

Kendzierski verschluckte sich und musste heftig husten.

Er spürte zwei kräftige Hiebe auf seinem Rücken. Das Kratzen in seinem Hals ließ langsam nach.

„Zwei was?“ Kendzierski hörte sich selbst krächzen. War das seine Stimme gewesen. Er hatte sich im Ton dem Glänzenden angenähert. Hoffentlich nur im Ton.

„Du hast wirklich eine sehr lange Leitung. Er hat eine Witwe in Polen und eine zweite hier.“

Kendzierski hörte sein Herz hämmern. Im Kopf. In seinem Magen rumorte es. Er musste schlucken. Immer wieder. Es blubberte nach oben. So viel Kohlensäure.

„Wen verdammt?“ Kendzierski brüllte und erschrak zugleich über sich selbst. Der andere zuckte zusammen und wich zurück. So weit, wie es ihm der Hocker erlaubte. Fast wäre er heruntergefallen. Der Dicke keuchte. Für ein Bellen reichte es nicht mehr.

„Du bist doch verrückt. Lass die Leute in Ruhe. Der Pole ist tot und die arme Frau hat schon wieder einen Mann verloren. Nachher steht das in der Zeitung und ich habe das gesagt. Hau ab. Mach, dass du hier rauskommst.“ Der Bucklige brüllte ihn an. Kendzierski wankte, alles schwankte. Er legte einen Schein auf den Tresen und beeilte sich, hinauszukommen. So schnell er konnte. Irgendjemand brüllte ihm etwas nach. Alles in Wellen, bewegte sich hin und her. Er fühlte sich elend. Er musste noch immer schlucken. In einem fort. Cola, Wein, es kam alles wieder hoch.

Sein Handy verriet ihm, dass es kurz nach zehn war. Donnerstagabend. Nach Hause wollte er nicht. Er war zu aufgekratzt. Jetzt noch zum Bach? Noch einmal? Er fühlte sich ja jetzt schon als Stammgast dort! In seinem Zustand? Der würde sich prächtig über ihn amüsieren. Nach Hause konnte er so kaum. Höchstens mit dem Taxi.

Er lief los, am Weingut vorbei, die Straße weiter und bog

dann in eine kleine Gasse ab. Es ging bergab, dann wieder bergauf. Er drehte mehrere Runden und sog die kühle Luft in sich auf. Langsam, sehr langsam ließ ihn die Übelkeit los. Der seifige Geschmack in seinem Mund blieb. So etwas würde er nie wieder trinken. Das schwor er sich. Wer war wohl auf diese Kombination gekommen? Er kam an einer Kirche vorbei. Sie war beleuchtet, ganz weiß glänzte sie im Lichtschein.

Er war wieder auf der Hauptstraße, die zum Weingut Bach führte. Jetzt war er in der Lage, mit ihm zu sprechen. Es war kurz vor elf. Falls das Hoftor noch geöffnet war, würde er hineingehen. Er hatte es eigentlich noch nie verschlossen gesehen.

Das Weingut lag dunkel da. Die Fenster des Wohnhauses waren nicht erleuchtet. Nur durch das kleine Türchen im Scheunentor fiel ein schwacher Lichtschein. Auf seinen Besuch wartete hier bestimmt keiner mehr. Er musste Bach aber unbedingt nach der zweiten Witwe fragen. Warum hatte der ihm nichts von Jozefs Bekanntschaft erzählt?

Vielleicht hatte ihm der Bucklige auch nur seine schwachsinnigen Hirngespinste aufgetischt. Und er hatte sie bereitwillig in sich hineingestopft. Ganz so abwegig kam ihm das nicht vor. Die waren doch beide schon reichlich angetrunken gewesen. Und er erst.

Kendzierski trat durch das Türchen in die Scheune. Ganz hinten erkannte er Petr, der vor der Kelter stand. Die Wanne darunter fehlte. Er hielt einen Wasserschlauch in der Hand und eine Bürste an einem langen Stiehl. Er schrubbte das Stahlungetüm gleichmäßig.

Rechts oben auf der Zwischenebene stand Bach, abgewandt. Er hielt einen Ordner in der Hand und notierte etwas. Es war eine angenehme Ruhe. Warum hatte gerade hier ein Mord geschehen müssen? So etwas passte absolut nicht in diese Umgebung. „Guten Abend."

„Sie schon wieder. Ich hatte eigentlich gehofft, heute keinen Polizisten mehr sehen zu müssen." Bach lächelte. Er sah müde aus. Die Weinlese und der Tote hinterließen ihre Spuren. Seine Locken standen wieder wirr in alle Richtungen. Im Gesicht erkannte Kendzierski kleine rote Flecken. Vom Rotwein gezeichnet.

„Ihr Kollege Wolf ist erst vor einer halben Stunde weg. Mit seiner ganzen Kompanie. Die haben hier alles auf den Kopf gestellt. Eingepudert, abgepinselt und nach Nadeln in unserem Heuhaufen gesucht."

„Haben sie etwas gefunden?"

Kendzierski glaubte eigentlich nicht daran, dass sich an der Leiter oder dem Paddel noch verwertbare Spuren finden ließen.

„Fingerabdrücke an der Leiter haben sie keine gefunden. Die steht so oft mit unter dem Wasser, wenn wir ein Fass sauber machen. Da bleibt nichts dran. Das wollten sie mir nicht glauben. Aber sie haben es dann wohl selbst gemerkt. Das Paddel haben sie eingepackt und mitgenommen. Ich bin froh, dass die jetzt endlich weg sind. Die haben den ganzen Betrieb hier lahmgelegt. Wir haben so viel zu tun. Draußen steht ein ganzer Anhänger voller Spätburgundertrauben. Unsere Truppe war heute sehr eifrig. Die Trauben müssen wir noch heute Nacht pressen. Wenn es nicht schon zu spät ist." Bach seufzte.

„Können Sie nicht morgen früh weitermachen?"

„Das würde ich liebend gerne. Ich bin nämlich ziemlich geschafft. Aber der Spätburgunder würde mir das nicht verzeihen. Wir machen aus den roten Trauben eines kleinen Weinberges schon seit ein paar Jahren einen weißen Wein.

Einen Blanc de Noir. Und da muss man eigentlich schnell und sorgsam arbeiten. Die Trauben werden ganz vorsichtig ausgepresst bei geringem Druck. Die Schalen darf man nicht verletzen, damit keine Farbstoffe ausgewaschen werden. Der erste Saft, der von der Kelter fließt, ist ganz hell, wie das Fruchtfleisch der Trauben. Das gibt einen ganz fruchtigen und erfrischenden Sommerwein. Eigentlich mehr eine Spielerei, aber eine, die später recht gut schmeckt. Nur, wenn die Trauben schon einen halben Nachmittag lang vom Stock sind, weiß ich nicht, ob das überhaupt noch klappt. Die Kripo hatte dafür aber kein Verständnis. Hier darf erst einmal keiner mehr ran, bis wir fertig sind. Und wir zwei haben herumgestanden." Bach blickte auf seinen polnischen Helfer.

Petr war mit dem Schrubben der Kelter fertig. Er räumte den Schlauch beiseite und schob die Wanne unter die Presse. Bach öffnete das große Scheunentor und verschwand dann in der Dunkelheit des Hofes. Kendzierski hörte, wie kurz darauf ein Motor gestartet wurde. Lichter gingen an. Bach fuhr mit einem Stapler quer über den Hof. Im Licht der Strahler erkannte Kendzierski einen Anhänger, auf dem blaue Plastikkisten standen. Bach kam gleich darauf mit einer ganzen Ladung angefahren. Die Behältnisse, so groß wie Einkaufsboxen, waren fein säuberlich auf einer Palette übereinandergestapelt. Der Stapler fuhr an ihm vorbei bis an die Kelter heran. Petr packte die erste Box und leerte ihren Inhalt in die geöffnete Kelter. Kendzierski erkannte dunkle große Trauben. Er packte sich die nächste. Nicht gerade leicht waren die.

„Jetzt haben wir ja doch noch unseren Lehrling für die Weinbauausbildung."

„Ich helfe Ihnen ein bisschen. Dann beantworten Sie mir vielleicht auch die Fragen, die ich noch habe."

Kendzierski grinste.

„Ich fahre schon mal die nächste Palette ran."

Abwechselnd leerten Kendzierski und Petr die Trauben in die Kelter. Es dauerte nicht lange, bis sie die erste Palette leer geräumt hatten. Petr hob sie beiseite und stapelte die leeren Boxen darauf. Bach kam mit der nächsten.

„Drei weitere sind es noch. Kendzierski, ich will nicht für Ihren Hexenschuss morgen verantwortlich sein. Wenn Sie genug haben, sagen Sie mir Bescheid."

Kendzierski nickte. Das machte Spaß und irgendwie war er gespannt, was mit den Trauben passieren würde. Nach einer knappen halben Stunde waren alle Boxen geleert. Die Kelter war bis fast zum Rand voll.

„Eigentlich schade, dass die jetzt alle zerquetscht werden. Die sehen gut aus."

„Ich gebe Ihnen nachher eine Flasche von dem letztjährigen mit. Sie werden feststellen, dass das Resultat noch besser ist." Bach schob das Türchen der Kelter feste zu. Petr schraubte währenddessen unten an der Wanne einen Schlauch an.

„Petr, schau noch mal nach dem Fass. Es muss gut zu sein." Bach ging zur rechten Seite der Kelter und betätigte Schalter und Knöpfe. Dann konnte Kendzierski etwas hören: das Rauschen von Luft, Knacken, alles sehr leise, etwas ächzte. Erste Tropfen fielen auf den trockenen Boden der Stahlwanne. Bach ging in den Keller und kam mit vier kleinen Gläsern wieder.

„Zur Farbkontrolle." Er stellte die Gläser nebeneinander auf den Rand der Kelter. Aus ihr lief mittlerweile plätschernd der Saft. Bach beugte sich nach unten und hielt das Glas in den Saftregen. Es füllte sich langsam. Er kam wieder nach oben. Im Glas hatte er eine ganz helle, milchige Flüssigkeit.

„Der Saft verändert sich während der verschiedenen Stadien des Pressens. Am Anfang ist er relativ leicht, fast wässrig im Geschmack. Ganz fein und fruchtig. Mit zunehmendem Druck wird mehr Aroma aus den Schalen herausgepresst. Wir nutzen jetzt nur den ersten Teil des ablaufenden Saftes. Sobald der sich rosa verfärbt, hören wir auf. Das kontrolliere ich alle fünf Minuten mit einem Gläschen. Man kann so die Farbentwicklung ganz gut verfolgen."

Bach beugte sich wieder nach unten und ließ ein zweites Glas volllaufen.

„Hier, probieren Sie den mal. Das ist Fruchtigkeit pur." Kendzierski roch daran, probierte. Er musste an den Colawein von vorhin denken. Es war nicht der richtige Moment Bach zu fragen, wer sich dieses Getränk ausgedacht hatte. Der Saft schmeckte nach Trauben, nach Zitronen und grünen Äpfeln, säuerlich erfrischend. Bach war schon wieder halb unter der Kelter verschwunden. Er tauchte mit dem nächsten Glas auf und stellte es neben das andere. Der Saft hatte sich verändert. Er war klarer. Ein Rosa war nicht zu erkennen.

„Kontrollieren Sie das gleich noch mal. Ich muss in der Zwischenzeit schnell die Mostwaage holen." Bach sah in Kendzierskis erschrockene Augen.

„Sie brauchen keine Angst zu haben. Da kann nichts passieren. Ich bin gleich wieder da."

Er war weg, nach vorne durch die Scheune hinausgeeilt. Kendzierski bückte sich vorsichtig. Es tropfte, plätscherte, floss aus der Kelter. Er versuchte die Tropfen einzufangen. So kam er nie auf ein volles Glas. Er beugte sich weiter nach vorne, unter die Kelter. Tropfen fielen auf den Arm seiner Lederjacke. Noch weiter darunter. Dort lief der Saft in einem feinen Strom. Er plätscherte in Kendzierskis Glas. Voll. Er richtete sich vorsichtig auf. Stellte das Glas neben die beiden anderen. Er meinte einen leichten Hauch Rosa zu erkennen. Oder war das noch weiß? Bach kam langsam wieder zurück.

„Na, das sieht doch ganz gut aus. Den Trauben scheint es nicht geschadet zu haben, dass sie so lange warten mussten. Noch ein paar Minuten, dann hören wir auf. Ich hätte es der Kripo nicht verziehen, wenn die meinen Blanc de Noir ruiniert hätten. Ich glaube das Wetter hat ihn gerettet. Es war heute Nachmittag recht kühl, als wir ihn geerntet haben. Wären die Trauben warm gewesen, hätte die Farbauslaugung schneller begonnen. Dann hätten wir jetzt einen rosa Saft." Bach stellte einen schmalen hohen Messbecher zu den Gläsern und verschwand mit dem leeren Glas wieder unter der Kelter. Vorsichtig füllte er den Messbecher voll und ließ dann etwas hineingleiten, was wie ein großes Fieberthermometer aussah. Es bewegte sich mehrmals nach oben und nach unten, um dann sachte auszupendeln. Endlich stand es still.

„Jetzt können Sie hier oben an der Waage das Mostgewicht ablesen. Wir bestimmen damit das spezifische Gewicht des Saftes. Da der größte Teil Fruchtzucker ist, kann man daraus schon ganz sicher ablesen, wie viel Alkohol der Wein nach der Gärung einmal haben wird."

Kendzierski konnte nicht viel erkennen. Bach ging zur Pumpe. Sie begann zu surren. Der Saft wanderte durch den Schlauch.

„Jetzt reicht es wohl." Bach beugte sich mit dem letzten freien Glas nach unten. Der Saft, den er heraufbeförderte, war deutlich rosa eingefärbt.

„Wir machen die Wanne noch leer und dann war es das für heute. Den Rest presst das Programm selbst aus. Morgen geht es weiter. Petr, du kannst ruhig schon gehen. Ich mache hier alles aus. Gute Nacht."

Petr ging. Bach schaute in die Wanne und beobachtete den

ablaufenden Saft. Einzelne Tropfen fielen noch aus der Presse.

„Es ist schön, wenn man abends alles geschafft hat. Die Anspannung löst sich dann langsam. Die Müdigkeit kommt. Die Weinlese ist die schönste Zeit des Jahres und unheimlich anstrengend. Eigentlich müsste das Routine sein, aber jedes Jahr ist anders. Die Trauben, das Wetter, der Reifeverlauf in den letzten Wochen. Vieles ist nicht zu kalkulieren. Die Entscheidung, ob man einen Weinberg erntet, fällt oft spontan. Gestern sahen die Trauben noch gut aus. Heute ist Regen im Anmarsch. Dann muss gehandelt werden. Die Erfahrung hilft bei diesen Entscheidungen ein wenig. Manchmal ist aber auch einfach nur Glück dabei. Da ging es den Generationen vor uns hier auch nicht anders. Seit über 200 Jahren, seit acht Generationen machen wir das. Jedes Jahr." Bach blickte sich in seinem Kelterraum um. Aus der Wanne erklang ein schlurfendes Geräusch. Er machte die Pumpe aus

„Seither hat sich aber viel geändert."

„Das wirkt auf den ersten Blick so, Kendzierski. Die Fässer aus Edelstahl. Der Computer, der die Kühlung überwacht. Die Technik an der Kelter. Da ist die Moderne eingezogen. Das sind aber nur Hilfsmittel, die einem das Arbeiten ein wenig erleichtern. Die Entscheidungen nehmen sie einem nicht ab. Und auch nicht die Verantwortung, aus den schönen Trauben einen ordentlichen Wein zu machen. Die lastet auf einem selbst. Sie ist der Antrieb. Jedes Jahr aufs Neue."

Bach ging langsam zum Lichtschalter.

„Jetzt ist aber endgültig Feierabend, Kendzierski."

„Warum haben Sie mir nicht gesagt, dass der Jozef hier ein Verhältnis hatte?"

Bach blieb am Lichtschalter stehen, drehte sich um und blickte ihn entgeistert an.

„Wie kommen Sie denn darauf? Wer hat denn den Quatsch erzählt? Der Jozef hat eine Frau und ein Kind zu Hause. Die müssen jetzt ihren verstümmelten Mann und Vater abholen. Den, der die Familie ernährt hat."

„Das heißt aber nicht, dass er nicht doch eine Beziehung zu einer Frau hier im Dorf hatte."

„Davon weiß ich nichts."

„Aber vorstellbar wäre es doch. Der ist abends häufig unterwegs gewesen und auch an den Wochenenden. Wissen Sie, wo er da war? Da kann er doch zu einer Frau gegangen sein."

Bach schüttelte den Kopf. Kendzierski spürte, dass der nicht weiter darüber reden wollte. Bach rieb sich die Augen. Er machte das Licht aus. Die Kelter verschwand im Dunkel. Kendzierski folgte ihm aus der Scheune hinaus.

„Es ist mal erzählt worden, der Jozef habe etwas mit der Magda Neumer. Die wohnt ein paar Häuser weiter. Ich habe mich um das Gerede nicht gekümmert. Das war mir egal. Auf den Jozef konnte ich mich verlassen. Er war ein guter Kerl. Ich habe das nicht geglaubt und ich glaube es auch jetzt nicht. Die Leute erzählen alles Mögliche. Lassen Sie die Frau in Ruhe, Kendzierski. Sie hat es nicht leicht gehabt in ihrem Leben. Ihr ist der Mann früh gestorben. Und der Sohn macht sie langsam kaputt."

Bach ließ ihn alleine auf dem Hof stehen.

19

Kendzierski schlief sehr schlecht. Zu viele Gedanken durchzogen seinen Kopf. Das ferne Grollen eines Gewitters weckte ihn mehrmals auf. Er hielt es in seinem Bett nicht länger aus. Es war drei Uhr. Für einen Kaffee und die Morgenzeitung noch eindeutig zu früh. Er schlich in die Küche. Dort stand noch der Rest seines gestrigen Abendbrotes. Die Käsescheiben hatten sich leicht nach oben gebogen. An den Rändern waren sie hart geworden. Der Schinken sah noch ganz gut aus. Kendzierski biss in das Brot und leerte die halbe Flasche Bier in den Ausguss. Das war sein letztes Hövels aus der alten Heimat gewesen. Da ging es nun hin. So hätte er mit ihm nicht umgehen dürfen. Kein würdiger Abschied.

Er rieb sich die Augen. Er war müde, richtig fertig. Die Erlebnisse des Tages ließen ihn nicht zur Ruhe kommen. Tief in ihm lief noch irgendetwas auf vollen Touren. Etwas, wofür er noch keinen Schalter gefunden hatte. Wahrscheinlich war es nicht sinnvoll, an dieser Sache weiter dranzubleiben. Der Wolf sollte sich jetzt damit beschäftigen. Die hatten ihre Methoden und ihre Technik. Mehr konnte er nicht erreichen. Wenn sich an dem Paddel noch Spuren fänden, würden sie die betreffende Person schon aufspüren. Kendzierski war sich sicher. Er nickte der Flasche zu. Zustimmung.

Die Erlebnisse bei Czarnowski hatten ihn verunsichert. Er wollte sich nicht noch einmal so in etwas hineinsteigern, um dann brutal zu scheitern. Von Wolf vorgeführt. Verarscht. Bach musste es doch mitbekommen haben, wenn sein Jozef über längere Zeit ein Verhältnis hatte. In der Nachbarschaft, nur ein paar Häuser weiter. Wenn das im Dorf schon herumerzählt wurde. So etwas war dem Bach nicht egal. Der wollte nicht im Gerede stehen. Der hatte bestimmt mit Jozef darüber gesprochen. Ihm Vorhaltungen gemacht, wegen Frau und Kind, wegen der Leute. Hör auf damit. Denk an deine Frau, an deinen Jungen. Das kommt raus. Du bringst damit Unglück über deine Familie. Denk an die Neumer. Das hat keine Zukunft. Und sie hat in ihrem Leben schon genug durchmachen müssen.

Was hatte sie eigentlich durchmachen müssen? Was hatte der Bach damit gemeint? Vielleicht steckte da mehr drin.

Kendzierski musste schmunzeln. Er schüttelte den Kopf. Die Flasche hielt er noch immer in der Hand. Vertieft in sein Zwiegespräch mit ihr. Die enttäuschte Geliebte. Das hörte sich sehr nach amerikanischem Drama an. Nicht nach Keller und Weinbergen. Er versuchte sich die Frau vorzustellen. Es gelang ihm nicht. Eine Witwe, alt. Der Jozef war Mitte dreißig. Das passte kaum. Weiter kam er nicht. Er war müde. Seine Füße eisig kalt. Er ging zurück ins Bett.

Sein Entschluss stand fest. Er würde morgen bei dieser Frau vorbeischauen. Dann war ganz sicher Schluss mit der Sache. Er schlief sehr schnell ein.

Er fühlte sich noch reichlich müde, als er am nächsten Morgen wach wurde. Die Weckwiederholung tönte einige Male. Es fehlte die Motivation, das Bett zu verlassen. Er hatte Angst vor dem, was ihn in Essenheim erwarten würde. Angst vor dem Besuch bei einer trauernden Witwe. Wie machten das Wolf und seine Kollegen? Todesnachrichten überbringen. Abwarten. Immer wieder zu den leidenden Menschen, immer wieder Fragen und Nachbohren. Fragen stellen, die wehtun, die verletzen. Er drehte sich noch einmal in seinem Bett um. Er schwor sich zum letzten Mal und dann würde er endlich aufstehen. Er war froh, dass er nicht an Wolfs Stelle war. Würde der auch bei der Neumer vorbeischauen? Er musste. So vieles deutete mittlerweile auf einen Mord hin.

Ganz sicher war er sich aber immer noch nicht. Beim Bach arbeiteten während der Lese so viele Menschen. Da kann doch einer mal etwas repariert haben, ohne dass es der Bach mitbekommen hat. Einer aus seiner Handlesetruppe hatte in der Kelterhalle mitgeholfen. War dem Jozef da zur Hand gegangen. Ist das denn so abwegig? Er fand keine Antwort darauf. Das Paddel hatte vielleicht gar nicht mehr unten in Bachs Werkstatt gestanden. Vielleicht lag es schon lange neben dem Rührfass. Der andere Behälter macht sonderbare Geräusche. Der Jozef hört das und will es reparieren. Er sucht nach einem Gegenstand, um den verbogenen Stempel zu richten. Er sieht das Paddel, greift danach. Er kann sich doch auch daran erinnert haben, dass ein solches Ding in der Werkstatt liegt. Das braucht er für die Reparatur. Sonst fällt ihm nichts ein, was einen langen stabilen Stiel hat. Unten breiter ist, um eine verbogene Metallplatte zurechtzudrücken. Dabei fällt ihm das Paddel hinein. Irgendetwas kommt dazwischen. Eine andere Arbeit, der Bach ruft ihn. Der Jozef vergisst das. Ist das alles so abwegig? Der Wecker fing schon wieder mit dem monotonen Surren an. Jetzt musste er raus. Anziehen. Ins Büro. Nur kurz, wieder ein Außentermin würde er sagen. Dann weiter nach Essenheim, zur Neumer.

Eine gute Stunde später fuhr er durch Weinberge auf das kleine Dorf zu. Die Gastwirtschaft war noch geschlossen. Alle Rollläden waren heruntergelassen. Vielleicht saßen die zwei ja noch drinnen. Der wippende Bucklige und der bellende Dicke. Kendzierski musste grinsen. Ob die beiden sich noch an ihn erinnern konnten? Eines war sicher, wenn er noch einmal dort auftauchen würde, dann sicher nicht, um kübelweise Colawein in sich hineinzuschütten. Erst jetzt stellte er fest, dass er keinen Schaden genommen hatte. Gestern Abend noch hatte er sich gefürchtet. Vor dem Einschlafen, vor dem Wachwerden. Mit einem quadratischen Schädel. Kopfschmerzen, Sodbrennen und den anderen bekannten Folgeerscheinungen. Aber nichts. Erstaunlich. Beim nächsten Mal würde er den Wein ohne Cola trinken. Er würde es wagen. Vielleicht war er ja der erste.

Er bog in die Hauptstraße. Das Schild von Bachs Weingut konnte er schon erkennen. Er stellte seinen Wagen ab und folgte der Straße. Wenige Häuser vor dem Weingut ging eine schmale Gasse nach links ab. Zwischen zwei Gehöften führte sie hindurch. Sie wurde immer schmaler und endete an einem verschlossenen Tor. Das Haus musste dort stehen, wo die anderen Höfe ihre Gärten hatten. In zweiter Reihe. Er hatte in Dortmund eine Wohnung im Hinterhof gehabt. Seine erste eigene Wohnung nach der Weite des Sauerlandes. Es roch hier ähnlich. Eine Ecke, in die wenig Sonne kam. Kühl und schattig im Sommer, gnadenlos dunkel im Winter. Die Mauern waren unten dünn von grünem Moos bedeckt.

Kendzierski fand neben dem Tor an der Hauswand eine Klingel mit Sprechanlage. Neumer. Er drückte darauf. Lange nichts. Stille. Er drückte noch ein zweites Mal. Ein Knacken und Rauschen. Sie war da.

„Was wollen Sie?" Rauschen.

„Ich bin von der Polizei." Knacken.

„Es geht um den toten Polen, den wir bei Bach gefunden haben."

Der Öffner summte. Kendzierski drückte die Tür auf. Er kam in einen kleinen dunklen Innenhof. Ein paar Blumenkübel standen in einer Ecke. Die Pflanzen hatten nur spärliche Blätter. Zu wenig Sonne kam in den engen Hof. Alles wirkte aufgeräumt, ordentlich. Der Hof sauber gefegt. Nach links begrenzte ihn eine hohe Mauer, an die sich eine kleine Scheune anschloss. Rechts folgte ein niedriges Gebäude, das dann in ein Wohnhaus überging. Auf der Treppe zur Eingangstür stand eine Frau von Mitte vierzig. Sie sah sympathisch aus. Groß und schlank mit dunklen kurzen Haaren. Sie war blass. Ihre Augen waren leicht gerötet. Dunkle Ringe lagen darum. Sie wirkte müde, übernächtigt, in sich gekehrt. Sah ihn ohne eine Regung an.

„Frau Neumer?"

Eine blöde Frage, dachte Kendzierski. Aber irgendwie musste er die Unterhaltung ja anfangen.

„Was wollen Sie von mir?" Sie sprach leise, kraftlos.

„Ich will mit Ihnen über den Jozef sprechen. Aber nicht hier draußen. Darf ich zu Ihnen hineinkommen?"

Sie drehte sich langsam um und ging voraus. Kendzierski folgte ihr die wenigen Stufen der steinernen Treppe hinauf. Durch einen kleinen Flur. An einer alten Holztreppe vorbei, die in das obere Stockwerk führte. Sie ging voran in die Küche. Dort standen ein Tisch mit einer Eckbank, zwei Stühle. Sie setzte sich auf die Bank. Kendzierski nahm ihr gegenüber auf einem Stuhl Platz. Hinter sich die Tür. Mit der Fluchtmöglichkeit im Nacken fühlte er sich wohler. Alles war ordentlich. Die Einrichtung aus den Achtzigern. Helles Braun, Holzimitat. Er blickte sich um. Auf dem Herd stand ein kleiner Topf. Etwas kochte darin vor sich hin. Feiner Dunst stieg auf. Kendzierski versuchte einen Geruch einzufangen, aber es roch neutral. Wasser für die zwei Kartoffeln, die geschält daneben lagen. Zwei kleine Kartoffeln, ein Häufchen dunkle Schalen. Eine rote Kaffeemaschine stand noch auf der Arbeitsplatte. In die Ecke geschoben mit einer blumigen Kaffeedose und den Filtertüten.

Kendzierski wusste nicht, wie er anfangen sollte. Die Frau litt. Sie sah fertig aus. Es war so offensichtlich. Was, wenn sie die Beziehung leugnete? Er würde nicht weiter bohren können. Das wusste er.

„Es wird erzählt, Sie hätten dem Jozef nähergestanden. Stimmt das?"

Sie zitterte. Kendzierski spürte, dass er richtig lag. Er musste tief durchatmen. Es schien, als ob sie nichts weiter sagen wollte. Sie musste. Zweimal wollte er nicht fragen. In die Stille. Er schluckte die Fragen wieder hinunter. Er konnte nicht. Er konnte die Stille nicht durchbrechen.

„Ja, das stimmt."

Kendzierski schoss das Blut in den Kopf. Heiß. Sein Herz pochte. Die Gesichtszüge der Frau hatten sich nicht verändert. Sie starrte weiter vor sich auf den Tisch. Aus ihrem rechten Auge rann ganz langsam eine Träne, über die Wange, die Backe, blieb dort stehen. Kendzierski sah zu.

„Wir haben uns geliebt. Jetzt ist alles vorbei. Wieder. Alles ist leer. Er ist weg. Für immer." Kendzierski blieb schweigend sitzen. Er überlegte kurz, ob er ihr ein Taschentuch geben sollte. Er entschied sich dagegen. Sie atmete still, schluchzte nicht.

„Seit fünf Jahren. Er ist immer drei Monate im Sommer und Herbst hier. In dieser Zeit war er mein Mann. Das seit fünf Jahren. Dazwischen haben wir uns noch ein paar Mal getroffen, wenn er woanders in Deutschland gearbeitet hat. Bei einem Bauern in der Eifel und einem Fliesenleger bei Nürnberg. Ich bin dann für zwei Wochen dorthin gefahren. Habe in einer Pension gewohnt. Auf ihn gewartet. Das ist verrückt. Er war mein Mann für fünf Monate im Jahr." Stille. Leises Atmen.

„Er war so liebevoll. Er hat mich geliebt. Ich wusste, dass er nicht mir alleine gehört. Dass er verheiratet ist und Frau und Kind in Polen hat. Ich habe das in Kauf genommen. Ich wollte das nie ändern. Es war gut, so wie es war. Es war wie eine Wochenendbeziehung. Das Wochenende dauerte drei

Monate. Die haben Kraft für den Rest des Jahres gegeben. Für das Warten. Das fiel mir nicht schwer. Mein Mann ist schon so lange tot. Ich war so lange alleine und an das Alleinsein gewöhnt. Bis Jozef kam. Wir haben das geheim gehalten. Er ist meistens hinten durch den Garten und über die Scheune hereingekommen. Abends ist in den Gärten keiner. Das hat gut geklappt. Irgendjemand muss ihn mal gesehen haben. Da sind dann die Gerüchte entstanden. Das hatte sich aber auch wieder gelegt. Es wurde wieder ruhig. Wenn die Leute den Jozef jeden Abend zu mir hereinkommen gesehen hätten. Ja, dann wäre noch mehr geredet worden, ohne Unterlass. Sie glauben nicht, wie die sich das Maul zerrissen hätten. Das ist ein Dorf. Da wird über jeden geredet. Die hat was mit dem Polen. Der hat Frau und Kinder. Die hat es ja ziemlich nötig. So eine Schande. Mit dem Polen."

Sie redete jetzt schneller. Ihre Stimme klang heiser. Matt, nicht verbittert.

„Es hört sich für Sie verrückt an. Aber das war kein Verhältnis. Wir hatten eine richtige Beziehung. Eine, in der man über alles reden kann. In der man Pläne für die Zukunft schmiedet."

Sie stockte. Wahrscheinlich, weil Kendzierski so schaute, als ob er nicht folgen könnte.

„Er wollte sich nicht von seiner Frau trennen, und ich habe da auch keinen Druck auf ihn ausgeübt. Wir haben für die Zukunft geplant, so wie wir in der Gegenwart gelebt haben. Ich mit ihm hier. Für die drei Monate, die uns gemeinsam jedes Jahr vergönnt waren. Ich hatte endlich jemanden gefunden. Das Ende meiner Einsamkeit. Wir haben so viele Abende auf der Terrasse hinter der Scheune gesessen. Es genossen, einander zu haben. Sie werden das nicht verstehen können."

Sie hatte Recht. Er verstand es nicht.

„Wie wollten Sie denn eine Zukunft planen? Die drei Monate sind doch nur eine ganz kurze Zeit. Eine gemeinsame Zukunft kann man doch nicht auf drei Monate eines Jahres aufbauen. Drei Monate im Geheimen."

„Doch, das kann man. Wir hatten uns damit arrangiert. Es funktionierte. Wenn er hier war, war es wunderschön. Über den Rest des Jahres half mir die Erinnerung, die Sehnsucht. Ich wollte ihm sogar in Polen helfen. Er wollte dort eine kleine Autowerkstatt aufbauen. Das Land hatte er schon. Ich hätte ihm Geld gegeben. Alles ganz korrekt als Darlehen mit Zinsen. Das wäre eine gute Anlage gewesen. Gut investiert bei Jozef. Er hätte dann in Polen mehr verdient und hier mehr Zeit für mich, für uns gehabt."

Kendzierski blickte vor sich auf den Boden. Er konnte ihr nicht in die Augen sehen. Das war alles so unverständlich für ihn. Dieses Leben, dieses Zusammenleben, diese Geheimnisse über Jahre. Die Angst, entdeckt zu werden. Entdeckt von den Nachbarn, dem neugierigen Dorf. Zum Gerede zu werden. Die ständigen Befürchtungen, von Jozefs Frau entdeckt zu werden, von den polnischen Kollegen. Das Geld.

„Wie viel Geld wollten Sie ihm denn geben?" Er schaute auf. In rote Augen.

„Ich habe im Neubaugebiet fünf Bauplätze liegen. Die wollte ich ohnehin verkaufen. Die Kosten sind zu hoch. Für mich brauche ich das Geld nicht. Ich komme so ganz gut über die Runden. Dem Jozef wollte ich zweihunderttausend Euro geben. Ob das Geld auf der Bank liegt oder bei ihm Zinsen bringt, ist doch letztlich egal. Wir hatten das alles schon vereinbart, einen Vertrag aufgesetzt. Verschiedene Interessenten haben sich die Plätze schon angeschaut. Im nächsten halben Jahr hätte ich sie verkauft. Die liegen schön. Denken Sie nichts

Falsches. Der Jozef hat mich nicht dazu gedrängt. Er wollte das Geld nicht. Ich habe ihn überredet und selbst dann hat er sich noch gesträubt. Ich glaube, er hat sich geschämt, von mir Geld anzunehmen."

„Was hat Ihr Sohn dazu gesagt?"

„Der wusste davon nichts. Ich habe ihm nichts erzählt."

Sie zögerte. Wollte sie noch etwas sagen? Kendzierski wartete mit den Fragen, die ihm durch den Kopf jagten. Sie drängten, sie wollten heraus. Sie schwieg. Atmete leise.

„Von der Beziehung zu Jozef wusste er aber?"

Sie schaute ihn an. Er hatte das Gefühl, dass sie seine Gedanken las. Das war nicht schwer. Sie bewegte ganz langsam den Kopf hin und her. So als ob sie nein sagen wollte. Aus ihrem Mund kam kein Laut. Kendzierski wartete.

„Markus wusste von Jozef. Er hat ihn gemieden. Wenn der Jozef abends vorbeikam, dann ist der Markus nach oben in sein Zimmer. Das Dachgeschoss gehört ihm alleine. Er tauchte nicht auf, war dort verschwunden. Er wollte einfach nichts davon wissen."

„War das von Anfang an so?"

„Eigentlich schon. Ganz zu Beginn hat er mal herumgebrüllt. Das wäre peinlich, was ich da machen würde. Mit dem Polen. Er müsste sich schämen dafür. Schämen vor seinen Freunden. Da habe ich ihm eine geknallt. Er hat sich dann bei mir entschuldigt. Damals war er noch nicht so verstockt wie heute. Und seither ist er dem Jozef aus dem Weg gegangen. Es gab da nie mehr ein Problem. An meinem Leben hat er ohnehin kaum noch Anteil genommen. Ihn interessierte das alles nicht sonderlich."

„Wie alt ist Ihr Sohn?"

„Der Markus ist 22. Aber noch nicht wirklich erwachsen."

„Wie meinen Sie das?"

„Mein Mann ist gestorben, als er fünf Jahre war. Der Vater fehlt ihm. Jemand, der ihm Vorbild ist als Mann, der ihn auch einmal zurechtweisen kann. Ich habe das nie gekonnt. Zuerst der Schmerz über den Tod meines Mannes. Dann hatte ich immer Angst, meinen Sohn auch zu verlieren. Wenn Sie einmal einen geliebten Menschen verloren haben, dann befürchten Sie jeden Tag, dass das noch einmal geschieht. Ich habe Markus bemuttert. Ich bin jedem Streit mit ihm aus dem Weg gegangen, um ihn nicht auch noch zu verlieren. Und damit habe ich genau das Gegenteil erreicht. Er ist mir heute so fern, obwohl er hier wohnt. Ich habe manchmal das Gefühl, mit einem Fremden zusammenzuleben. Mit einem sehr schwierigen Fremden." Sie stockte.

„Was meinen Sie mit schwierig?"

„Sie haben keine Kinder?"

„Nein."

„Warum?"

„Bei mir halten es Frauen nicht länger als ein halbes Jahr aus. Über Kinder spricht man zumeist erst, wenn man mal längere Zeit zusammen ist."

Sie lächelte für einen kurzen Moment.

„Wenn Sie Kinder hätten, dann könnten Sie sich vielleicht besser in meine Situation versetzen. Wenn einem der eigene Sohn fremd wird. Wenn man nicht mehr miteinander reden kann. Er macht, was er will. Und das schon, seit er 15 ist. Er hat die Schule abgebrochen. Zwei Ausbildungen angefangen und keine beendet. Wochenweise arbeitet er als Aushilfe, bis er wieder rausfliegt. Er kommt zu spät, legt sich mit seinen Vorgesetzten an, beschimpft sie, geht schließlich gar nicht mehr hin. Beim Bach hilft er ab und zu mal aus. Nach drei Tagen hat er meistens keine Lust mehr. Dann schließt er sich unter dem Dach ein. Schießt auf Monster. Hört Musik, dass das Haus vibriert. Es ist schlimm, mit anzusehen, wie der eigene Sohn verkommt. Die eigene Hilflosigkeit zu spüren. Ich kann ihm nicht helfen. Er geht einfach, wenn ich mit ihm reden will. Brüllt herum. Knallt die Türen hinter sich zu und ist dann weg."

Tränen liefen über ihre Wangen. Kendzierski zog ein Taschentuch aus seiner Jacke und hielt es ihr hin. Sie saßen sich schweigend gegenüber.

Es wäre eigentlich der Moment gewesen, zu gehen. Es hielt ihn. Er konnte nicht weg hier. Er wollte sie nicht hier lassen. Es waren zu viele Fragen, die drängten. Er wartete ab. Stille.

„Ich habe das Gefühl, dass der Markus sein Leben nicht mehr in den Griff bekommen wird. Was wird aus einem, der keine Schule beendet, keine Ausbildung macht? Er kann nicht arbeiten. Er kann keiner geregelten Beschäftigung nachgehen. Kann sich auf nichts längere Zeit konzentrieren. Sobald er gefordert wird, gibt er auf. Wenn ihm jemand etwas erklären will, ihn verbessert, belehrt, braust er auf. Geht an die Decke, brüllt herum. Ich kann ihm nicht weiterhelfen. Ich bin meistens Luft für ihn."

„Wo arbeitet Ihr Sohn zur Zeit?"

„Er hilft im Kühllager aus. Unten im Nieder-Olmer Gewerbegebiet. Mal sehen, wie lange er das durchhält." Sie schaute ihn an. Er sah, dass sie zitterte. Er wollte nach ihrer Hand greifen, zog dann aber seine zurück. Sie wirkte so zart, so zerbrechlich.

„Wie ist das mit dem Jozef passiert? Es wird so viel erzählt. Beim Metzger hat heute jemand erzählt, der Jozef sei ermordet und dann in das Gärfass geschmissen worden."

Kendzierski musste schlucken. Er hatte die Frage erwartet. Aber er wusste trotzdem keine Antwort. Etwas steckte in seinem Hals. Fest.

„Wir glauben, dass es ein Unfall war. Aber wir müssen trotzdem in alle Richtungen ermitteln. Ein Gärunfall."

Kendzierski verspürte Abscheu. Du bist feige. Du hast nicht einmal den Mut. Sie lügst du an und willst selbst die Wahrheit wissen. Er merkte, dass er rot wurde. Ihm war heiß. Sie blickte vor sich auf den Tisch. Sein rotes Gesicht hatte sie bestimmt gesehen. Er schämte sich. Er musste weg. Weg, bevor sie ihm weitere Fragen stellte. Bevor er weitere Lügen von sich gab, die er nachher bereute.

Kendzierski verabschiedete sich. Die Frau tat ihm so Leid. Er wollte nicht weiterdenken. In seinem Kopf sträubte sich etwas. Die Versuche, einen klaren Gedanken zu fassen, prallten daran ab. Der Sohn? Nein. Hatte der Angst um das Geld? Bringt der deswegen einen Menschen um? So viel Hass. Aufgestaut über die Jahre. Kendzierski war an seinem Auto. Was sollte er nun machen? Zum Bach? Sein Anlaufpunkt. Aber das bringt doch nichts. Der konnte ihm auch nicht weiterhelfen. Der würde den Jungen nicht belasten. Von dem war nichts zu erwarten. Der Bach würde wahrscheinlich eher noch lügen, als etwas Belastendes zu sagen. Nicht wegen des Sohnes, sondern wegen der Mutter. Der hatte mit der Neumer genauso Mitleid. War es nicht besser, die Sache einfach zu vergessen? Das war Wolfs Fall. Der würde ohnehin bei der Neumer auftauchen. Wenn nicht heute, dann in den kommenden Tagen. Wenn der Wolf aber weiter an seinen Gärunfall glaubte, dann konnte ihn auch das Paddel nicht davon abbringen. Waren am Paddel keine Spuren mehr, dann würde der Wolf das alles als Zufall verbuchen. Kendzierski war sich da ganz sicher. Aber er wollte eine Antwort. Kendzierski wollte wissen, wer Schuld hatte an dem schrecklichen Tod des Polen.

Es war kein Unfall.

Langsam fuhr er in Richtung Nieder-Olm. Er kam durch das Gewerbegebiet. Auf einer großen Tafel waren die Firmen aufgelistet, die hier ihre Hallen hatten. Das Kühllager war auch darunter. Er schaute auf sein Handy. Es war fast zehn Uhr. Wenn der Sohn der Neumer um acht mit der Arbeit begonnen hatte, dann konnte er frühestens gegen 16 Uhr fertig sein. Zumindest dann, wenn er durchhielt. Er würde nachher noch einmal hierherfahren. Das müsste vor der Verbandsgemeinderatssitzung eigentlich zu schaffen sein.

Er musste den Jungen sehen und mit ihm reden.

20

In seinem Büro wartete schon ein ganzes Bündel Akten auf ihn. Anträge, wie gehabt. Hauspost, das übliche. Es dauerte nicht lange und seine Kollegin Klara kam herein. Sie schaute verlegen vor sich.

„Herr Kendzierski, der Chef hat schon mehrmals nach Ihnen gefragt. Am Ende war er ganz schön säuerlich. Ich habe auf die vielen Außentermine verwiesen, die Sie wahrzunehmen haben. Ob er mir das geglaubt hat, kann ich Ihnen nicht sagen. Vielleicht wäre es am besten, wenn Sie mal kurz bei ihm vorbeischauen. Der ist in solchen Sachen komisch und steigert sich dann da hinein. Es ist aus meiner eigenen Erfahrung besser, so etwas schnell bei ihm auszuräumen. Dann kommt der nicht auf dumme Gedanken."

„Das Problem mit den kleinen Männern, die dann ganz groß auftrumpfen müssen. Napoleon soll ja auch so gewesen sein. Lautes Getue hilft über die Minderwertigkeitskomplexe wegen mangelnder Körpergröße hinweg."

Sie mussten beide lachen. Sie wünschte ihm viel Glück, mit einem freundlichen Lächeln.

Er hatte es ja schon geahnt. Irgendwann musste das so kommen.

Kendzierski machte sich auf den Weg, eine Etage nach unten, durch die langen dunklen Gänge.

Erbes war in seinem Büro. Seine Sekretärin ließ ihn durch. Sie wirkte wie ein echter Wachhund, grimmiger Blick, herunterhängende Backen. Es fehlte das Hecheln. So wurde man wahrscheinlich über die Jahre, wenn man seinem Vorgesetzten alle unnötigen und nervigen Besucher vom Leib halten musste.

Er ging hinein. Erbes saß ganz hinten an seinem Schreibtisch, blickte kurz von seinen Akten auf und nickte Kendzierski zu. Er schwieg. Kendzierski schaute sich in dem geräumigen Büro um. Alles war in dunklem Braun gehalten. Der Teppich, die Tapete, die Möbel in Leder. Es wirkte edel, auch wenn es schon ein paar Jahre alt war. Das konnte noch die Einrichtung aus den späten 70ern sein. Gepflegt und geschont. Erbes war das zuzutrauen. Durch die großen Fenster fiel reichlich Licht. Es reichte nicht, um den Raum hell erscheinen zu lassen. Vielleicht lag das auch daran, dass er wie ein Schlauch war. Er zog sich lang dahin. Breit genug für eine Sitzgruppe, einige Meter Regal und einen Schreibtisch. Fein aufgereiht bis zu den Fenstern. An den Wänden hingen bunt gemalte Bilder. Kirchen, Häuser, eine Mühle, Sehenswürdigkeiten der umliegenden Gemeinden. Gemalt von Künstlern der Region. Zumindest sah das so aus. Die klassische Bürgermeistereinrichtung. Sein Dortmunder Chef hatte da noch groß das Westfalenstadion dazwischen hängen gehabt. Bunt und in Öl.

Erbes hatte freie Sicht durch eine große Fensterfront an

der Kopfseite des Raumes. Die Fenster reichten bis tief hinunter. Kendzierski blickte direkt auf die Bäckerei, in der er Anfang der Woche gefrühstückt hatte. Daneben stand ein für Nieder-Olmer Verhältnisse recht herrschaftliches Gebäude. Eine Art Herrenhaus. Bisher war es ihm im Vorbeilaufen noch nicht aufgefallen. Es hob sich aber deutlich von den eher schlichten übrigen Gebäuden ab.

„Sie wollten mit mir sprechen?“

Er hatte sich für die Taktikvariante „Unschuldslamm“ entschieden. Die schien ihm angebracht. Erstaunen, Ducken und Nicken. Das war in dieser Situation wohl am besten.

„Ich war etliche Male an Ihrer Bürotür in den vergangenen beiden Tagen. Sie waren nie da. Wo waren Sie?“ Erbes klang genervt.

„Ich hatte mehrere Außentermine. Die meisten Anträge für ein Baugerüst muss ich mir vor Ort anschauen. Die engen Straßen. Ich kenne mich hier noch nicht aus und kann das kaum aus der Ferne einschätzen. Bis man sich in so vielen Gemeinden zurechtfindet, dauert das.“ Hatte sich da etwa schon der Parteikollege beschwert, wegen der Umleitung, die an seinem Haus vorbeiführen sollte? Kendzierski wartete gespannt.

„Ich habe eher den Eindruck, dass Sie sich zu sehr um Dinge kümmern, die nicht in Ihr Aufgabengebiet fallen.“

Kendzierski spürte, wie sich sein Magen langsam zusammenzog. Unangenehm flau fühlte er sich.

„Sie sind für sichere Verkehrsführungen verantwortlich, für den Verkehrsfluss. Aber das brauche ich Ihnen ja nicht noch einmal zu erklären. Alles andere überlassen Sie bitte den damit betrauten Kollegen.“ Kendzierski nickte. Arschloch. War es das? Anscheinend noch nicht. Erbes hob noch einmal an. Er fixierte Kendzierski. Seine Stimme klang scharf. Sie duldete keinen Widerspruch. Tonfall: Letzte Ermahnung.

„Sie sind nicht für die Ermittlung in Todesfällen zuständig. Halten Sie sich von dem Weingut fern. Haben Sie mich verstanden?"

Kendzierski nickte. Verdammter Mist. Das war der Wolf. Der wollte ihm noch einmal deutlich zeigen, wie die Macht verteilt war. Der wollte keinen nervigen Provinzsheriff, der in seinem Aufgabengebiet herumpfuschte. Der hinterher ermittelte. Oder vorne weg. Kendzierski konnte ein Grinsen zurückhalten. Erbes hätte das nicht vertragen.

„Klar, das habe ich verstanden."

Kendzierski verließ den Raum.

Den Rest des Tages blieb er brav in seinem Büro. Wegen der Verbandsgemeinderatssitzung am gleichen Abend lief der Betrieb hier über den Nachmittag ganz normal weiter, obwohl es Freitag war.

Ein paar Mal machte er sich auf den Weg und lief an den Zimmern des Bürgermeisters und seines Stellvertreters vorbei. Mit einer Akte unter dem Arm, geschäftig. Leider sah ihn keiner der beiden. Vielleicht half das ja trotzdem.

Kurz vor vier machte er sich auf den Weg. Seiner Kollegin erzählte er etwas von einer Straßensperrung. Leider sei da immer erst spät am Nachmittag jemand da. Sie nickte. Abgenommen hatte sie ihm das ganz bestimmt nicht. Für alle Fälle klemmte er sich die Akte seines gestrigen Außentermins unter den Arm. Wenn er Erbes begegnen sollte, hatte er zumindest einen Beweis für die zurechtgelegte Ausrede.

Es würde ja alles besser, wenn erst einmal diese Sache zu Ende war. Hoffentlich war sie das bald.

Von Wolf konnte er nichts erfahren. Also tappte er weiter im Dunkeln, was die Ermittlungen der Mainzer Kripo anging. Vielleicht waren die ja schon einen Schritt weiter. Hatten verwertbares Material auf dem roten Paddel gefunden.

Er konnte es sich nicht vorstellen. Mehr würde er aber wohl erst erfahren, wenn die Zeitung davon berichtete. War es sinnvoll, den Schmahl darauf anzusetzen? Der konnte doch bei Wolf anrufen. Die kannten sich bestimmt. Dann bekäme er zumindest mal einen Hinweis auf den Stand der Ermittlungen. Wenn die längst einen Täter hatten, dann konnte endlich Ruhe in seinem Kopf einziehen.

Kendzierski kam ins Nieder-Olmer Gewerbegebiet. Er bog auf einen großen Parkplatz. Viele Autos standen nicht darauf. Die Gebäude sahen noch relativ neu aus. Kaum älter als fünf Jahre. Gepflegt, die Hecken geschnitten, Unkraut gejätet. Alles sah aufgeräumt und ordentlich aus. Es gab keine Müllecken und keine Schmierereien an den hellen Wänden. Ob hier jeden Morgen der Lehrling kehrte? Kendzierski blickte sich um. Bei der Größe des gepflasterten Parkplatzes hoffentlich mit der Kehrmaschine. Er lief auf eine riesige Lagerhalle in weiß zu. Ein vorgesetzter Bau aus Glas. Grünpflanzen darin, Palmen. Wie passend für ein Kühlhaus. Modernste Kargheit war zu erahnen. Bürostuhl, Schreibtisch, Flachbildschirm. In solchen Büros sah es nie nach Arbeit aus. Keine Akten, kein Papierchaos. Konnte man so arbeiten?

Rechts neben der Halle war reichlich Platz. Von dort kam ein LKW auf ihn zu. Überquerte den Parkplatz. Die Beladung musste irgendwo dort hinten passieren. Kendzierski lief an der Halle entlang. Ein Ende war fast nicht zu erkennen. Er kam an den ersten LKWs vorbei. Sie standen mit ihrem Heck gegen die Halle. Alles war still. Kein Mensch zu sehen.

Er schaute auf sein Handy. Kurz nach vier. Es folgten viele verwaiste Laderampen. Dann wieder einige Fahrzeuge, aufgebockte Container. Aus einem waren Geräusche zu hören. Etwas rollte auf Metall. Der Container stand zu nah an der Laderampe. Wie sollte er denn hier reinkommen? Kendzierski stellte sich auf die Zehenspitzen, klopfte auf Metall. Fester. Lauter. Seine Hand schmerzte. Das war ein wenig zu fest gewesen. Stille. Auf der Gegenseite war Ruhe eingekehrt. Entweder war die Person weg oder sie lauschte. Kendzierski stand da. Sein Ohr fast an den Container gedrückt. Abwartend.

„Was sollen diese Klopfspielchen?" Die Stimme klang nicht durch Metall gedämpft.

Kendzierski drehte sich um. Von einer der nächsten Laderampen blickte ein Schwarzhaariger zu ihm herunter. Sein Gesicht sah jung aus. Vielleicht Ende zwanzig. Der Tonfall verriet seine türkische Herkunft. Er trug blaue Arbeitskleidung, eine dicke Jacke und Handschuhe. Auf seiner Stirn konnte man noch den Abdruck einer Mütze erahnen. Es war also wirklich kalt da drinnen.

„Hallo, was wollen Sie? Für die Anlieferung müssen Sie sich vorne melden. Sie bekommen dann eine Laderampe zugewiesen." Der Schwarzhaarige war schon fast wieder verschwunden.

„Halt!", schrie ihm Kendzierski hinterher.

„Was wollen Sie denn noch? Wir werden hier nach Tonnen bezahlt. Der Container muss in einer halben Stunde fertig sein. Der wird dann abgeholt. Da muss der richtig voll sein, nicht halb voll."

„Kennen Sie Markus Neumer?"

„Wen?"

„Neumer heißt der. Etwa zwanzig Jahre alt. Der müsste hier bei Ihnen im Lager arbeiten."

„Wo kommst du denn her? Hier arbeiten über hundert. Und immer andere. In der Saukälte hält das keiner länger aus. Mal ein paar Wochen, mal ein paar Monate, das war es dann. Alles Weicheier. Ich bin schon drei Jahre hier. Und immer noch nicht erfroren. Zu wem wollten Sie?“

„Markus Neumer.“

„Aushilfskraft?“

„Ja, seit ein paar Tagen erst.“

„Ach der. Der war heute Morgen ziemlich spät dran. Das muss er heute Abend nachholen. Das kann noch ein wenig dauern, bis der rauskommt. Sind Sie der Vater?“

„Nein. Aber ich will ihn sprechen.“

„Sie müssen warten. Hier darf keiner rein. Wegen der Hygiene. Keine Besucher.“

„Schicken Sie ihn mir raus. Ich warte so lange hier.“

„Dann muss er nachher noch länger arbeiten. Das wird ihn nicht freuen.“

Der Schwarzhaarige grinste und verschwand wieder. Die Gummiklappen schwangen zu. Würde der den Jungen holen? Kendzierski schätzte die Wahrscheinlichkeit auf fünfzig Prozent ein. Allerhöchstens. Ansonsten würde er ihn später in Essenheim besuchen. Irgendwo müsste der sich ja finden lassen. Für ein paar Fragen.

„Hier, der will mit dir reden.“ Der Schwarzhaarige war tatsächlich wiedergekommen.

Er zog eine zweite Person durch die Gummiklappen auf die Rampe und zeigte auf Kendzierski. Kendzierski blickte nach oben in ein blasses Jungengesicht. In Augen, die ihn fordernd ansahen. Der junge Neumer war deutlich größer als er. Er trug seine dicke schwarze Wollkappe noch auf dem Kopf. Er hatte breite Schultern, sah trainiert aus, sehr nach Kraftsport. Er sprang von der Rampe herunter und kam die wenigen Schritte auf Kendzierski zu. Er ging langsam, ganz langsam. Versuchte lässig zu wirken, es sah aber schwerfällig aus.

Er zog die Mütze vom Kopf. Seine Haare waren kurz wie

Borsten. Blond. Seine Wangen bekamen langsam Farbe. Über dem linken Auge hatte er eine deutliche Narbe, die zu leuchten begann. Er baute sich vor Kendzierski auf. Wippte. Versuchte, keine Miene zu verziehen. Sein Auge unter der Narbe zuckte. Der fühlte sich nicht wohl. Der war unsicher. Versuchte seine Unsicherheit hinter dem fordernden Blick, der Lässigkeit zu verstecken. Mit dem wollte er sich nicht anlegen.

„Was gibt's?" Er sprach undeutlich, mit tiefer Stimme, zog die Worte zusammen.

„Was wollen Sie von mir? Ich muss arbeiten." Der ganze Satz ein einziges Wort.

„Kannten Sie den polnischen Erntehelfer vom Bach, der Anfang der Woche umgekommen ist?"

„Was hab' ich damit zu tun?" Sein Gesicht hörte nicht auf, sich weiter zu verfärben. Es glühte.

„Sie sind der Nachbar. Wir wollen mehr über den Mann erfahren."

„Ich weiß nichts. Sind Sie von der Polizei?"

„Ja." Mist. Aber das ging nun mal nicht anders. Der Wolf würde das schon nicht erfahren.

„Ich kenne den nicht."

„Das glaube ich kaum. Ihre Mutter stand dem Mann nahe. Er war häufiger in Ihrem Haus. Das wissen Sie. Glauben Sie nicht, dass Sie mich hier verarschen können." Kendzierskis Stimme war lauter geworden. Der Junge wurde dunkelrot. Er versuchte ruhig zu bleiben. Beherrscht. Er zwang sich. Seine Mundwinkel zuckten. Das sah Kendzierski. Wie lange würde der sich provozieren lassen, ohne zuzuschlagen? Er stand in Reichweite seiner langen Arme. Nach hinten konnte er nicht. Der Container stand in seinem Nacken. Nach rechts oder nach links. War er schnell genug für so etwas?

Bestimmt nicht. Jede Bewegung zu diesem Zeitpunkt wäre eine Flucht. Ausgeschlossen. Der Junge atmete ruckartig. Stille. Kein Wort kam aus seinem Mund. Der hatte mit sich selbst zu tun. Rang er mit sich? Wollte er zuschlagen?

„Was wissen Sie von dem Mann?“ Kendzierski versuchte seiner Stimme Ruhe einzuhauchen. Das durfte nicht eskalieren. Aber wie diesen Jungen zum Reden bringen? Immerhin lief er nicht einfach weg, wie die Neumer das erzählt hatte. Stille. Mensch, Junge, sag doch endlich was.

„Warum sagen Sie nichts?“ Kendzierski sah, wie sich die Fäuste seines Gegenüber ballten. Der presste sie so fest, dass die Finger weiß schimmerten.

„Hauen Sie ab. Meine Mutter hatte was mit dem Polen. Ich nicht. Wenn Sie was von mir wollen, können Sie mich ja abholen lassen. Ich sage nichts. Verpiss dich.“ Er brüllte. Die Adern an seinem Hals schwollen an. Bei jedem Ton. Kendzierski spürte den warmen Atem in seinem Gesicht. Der konnte sich nicht anders helfen. Er blieb stehen. Auch wenn ihn das reichlich Überwindung kostete. Kam da noch etwas?

„Lass mich in Ruhe. Der Pole interessiert mich nicht.“ Das rot leuchtende Gesicht drehte sich weg. Er ging langsam zurück zur Laderampe, wo der Schwarzhaarige noch stand. Der hatte sich die ganze Szene amüsiert angesehen. So, als ob er auf eine Schlägerei gewartet hätte.

„Wo waren Sie denn in der Nacht von Donnerstag auf Freitag?“

Der Junge drehte sich nicht um. Er hob nur langsam den Arm, seine Faust und streckte seinen Mittelfinger nach oben. An den Kerl war wirklich verdammt schwer ranzukommen. Er verstand jetzt, was die Neumer und der Bach gemeint hatten. Der macht seine Mutter kaputt. Er war irgendwie froh, dass er keine Kinder hatte. Dem konnte er ja nicht mal eins hinter die Ohren geben. Die Antwort darauf würde ihn wahrscheinlich für Wochen zeichnen, ihn krankenhausreif machen. Kendzierski atmete einmal kräftig durch. Er war heilfroh, dass das hier so glimpflich abgegangen war. Seine Wade war auf dem Weg der Besserung. Neue blutige Wunden mussten nicht unbedingt sein.

Wie jetzt weiter? Kendzierski wusste es auch nicht. Er ging zurück zu seinem Wagen. Der Tag war gelaufen. Das machte keinen Sinn mehr.

Das Wetter war schon wieder ganz gut. Er entschied sich für den Grass. Zeit war noch reichlich bis zum Verbandsgemeinderat. Musste das sein? Nach dem Anschiss von heute Morgen verbot er sich auch nur den kleinsten Gedanken an etwaige Ausreden. Da gab es kein Entkommen. Dem Schmahl hatte er ja ohnehin schon abgesagt. Also los.

21

Er genoss die Ruhe. Den gesamten Innenhof hatte er für sich. Alles war leer. Die Stühle unbesetzt. Keine Kissen darauf. Keine Weinkarten. Das sah nach Pause aus. Der Grass öffnete erst in einer Stunde. Kendzierski blieb trotzdem sitzen. Er wollte seine Ruhe und hier bekam er sie. Hier gab es nichts, was ihn ablenken konnte. Hier standen keine Umzugskisten, die ihn nervös machten. Die ihm ein schlechtes Gewissen verursachten. Mann, Kendzierski, die musst du endlich mal ausräumen. Willst du noch eine Woche so hausen? Es war Freitagnachmittag. Das Wochenende begann. Es war lang genug, um alle Kisten, die er mit hierhergeschleppt hatte, auch leer zu bekommen. Das mit der Verabredung hatte er schlicht vergessen, also blieb wohl genug Zeit für die Wohnung übrig. Mit seiner Kollegin konnte er ja am nächsten Wochenende etwas unternehmen. Wenn sie dazu auch Lust hatte. Wein wollte er noch einkaufen. Beim Bach. Das war eine Aufgabe für den Samstag. Aber vorsichtig. Der Wolf durfte ihn nicht sehen. Ansonsten war der nächste Anschiss fällig. Das musste nicht schon wieder sein. Halten Sie sich vom Weingut fern, Kendzierski. Haben Sie mich verstanden?

Er nickte vor sich hin. Natürlich hatte er das verstanden. Aber was konnte er denn dafür, dass diese Geschichte nicht aus seinem Kopf wollte. Dort drinnen Runde für Runde drehte. Verstecken spielte. Sie hatten ihn nach Essenheim geschickt und damit seine Neugierde geweckt. An seinem ersten Arbeitstag hatte er diesen Toten ansehen müssen. Diesen zerquetschten Körper. Den Stumpf ohne Hand. Die verfärbte Haut. Ihn ließ es nicht los. Also war das auch sein verdammtes Recht, sich mit dieser Sache zu beschäftigen. Außer ihm würde es ja doch keiner machen. Der Wolf würde die ganze Sache am liebsten als Unfall zur Seite legen. Abheften. Fall beendet. Der tat nur das Nötigste. Für ihn war das Routine im Herbst, in der Gärzeit. Aber das passte so einfach nicht zusammen.

„Na, Sie sind aber früh heute. Ist schon Wochenende bei Ihnen?"

Der Grass war herausgekommen. Er trug eine Holzkiste vor sich her. Leere Weinflaschen lagen darin.

„Ein Glück. Die Woche war hart genug. Sie machen noch Pause, bevor hier der große Wochenendansturm losgeht?"

„Das Wetter soll schlechter werden. Dann ist es bei uns immer etwas ruhiger. Die Leute gehen gerne weg, wenn die Sonne scheint. Das macht unternehmungslustig. Bei Regenwetter und Kälte bleiben alle lieber zu Hause. Kann ich selber ganz gut nachvollziehen."

„Bringen Sie mir einen Weißwein? Ich brauche etwas zum Verdauen der Woche."

„Etwas Neues oder etwas Bekanntes?"

„Etwas Neues. Ihre Tipps waren immer sehr gut. Ich verlasse mich da auf Sie." Grass verschwand mit seiner Kiste und brachte ihm wenig später einen Weißen.

„Das ist ein trockener Riesling. Etwas ganz Leichtes. Wenig Alkohol. Eine angenehme Fruchtigkeit. Da schmecken Sie die Äpfel und Pfirsiche. Der hat noch einen Hauch der Gärungskohlensäure. Das prickelt und lässt ihn schön erfrischend wirken. Genießen Sie ihn."

Unter den kritischen Blicken des Wirtes schnüffelte Kendzierski vorsichtig an dem Wein.

„Sie können Ihre Nase ruhig ein wenig tiefer in das Glas hängen. Der tut nichts." Grass stand lächelnd da und machte keine Anstalten, das Feld zu räumen. Ihm schien das richtig Spaß zu machen. Der Lehrer und sein Nachhilfeschüler. Bemüht war er ja. Aber ob das reichen würde?

„Und jetzt schwenken Sie das Glas ein wenig und riechen noch einmal. Das löst noch mehr Aroma."

Kendzierski tat wie ihm befohlen. Zum Glück sah ihn hier außer dem Alten keiner. Wie er unbeholfen den Wein hin und her schaukelte. Konzentriert und bemüht, nicht auch noch einen Teil davon schwungvoll über seiner Hose zu verteilen.

„Wenn Sie jetzt ein wenig in sich gehen, riechen Sie die Früchte. Machen Sie die Augen zu und versuchen Sie sich zu erinnern. An einen aufgeschnittenen grünen Apfel, einen frischen reifen Pfirsich. Riechen Sie das?"

Was blieb ihm denn in der Situation anderes übrig, als ja

zu sagen? Hatte er eine andere Möglichkeit? Ein „Nein" wäre gleichbedeutend mit vielen weiteren Nachhilfestunden. Weinschwenken unter Aufsicht. Er fühlte sich in seine Schulzeit zurückversetzt. Nachhilfestunden am Nachmittag. Deutsch und Englisch. Ein Alptraum. Bei einer pensionierten Lehrerin. Alte Schule. Bitte wiederholen Sie, Paul, laut und deutlich. Haben Sie das verstanden?

„Ja, richtig fruchtig", stotterte er.

„Und wenn Sie jetzt noch diesen feinen Hauch Mineralik erschmecken, Herr Kendzierski, die ihm der Kalkstein mitgegeben hat, dann bin ich fürs erste wohl zufrieden." Der alte Grass stand mit einem breiten Grinsen vor ihm. „Dazu müssen Sie ihn aber mit der gleichen Konzentration ganz vorsichtig trinken. In Ihrem Mund hin und her bewegen, damit die ganze Zunge ihn in seiner Gesamtheit erfassen kann."

Kendzierski hatte den ersten Schluck schon im Mund noch bevor Grass mit seinen Erläuterungen fertig war. Irgendetwas war dabei falsch gelaufen. Der Schluck Wein in die falsche Öffnung. Er musste heftig husten. Immer wieder. Fast wäre ihm dabei noch das volle Glas aus der Hand gefallen. Mit hochrotem Kopf saß er hilflos röchelnd da vor einem Glas Wasser, das ihm der Wirt schnell geholt hatte. Um noch Schlimmeres zu vermeiden.

Grass ging und Kendzierski versank langsam in seine Gedanken.

Traute er dem Jungen der Neumer wirklich einen Mord zu? Körperlich war er dazu in der Lage. Aber konnte man so viel Hass entwickeln? Aufstauen. Wenn er es war, dann hatte er das kaum kaltblütig geplant. Das konnte sich Kendzierski nicht vorstellen. Der Junge war unbeherrscht. Er wusste nicht, wohin mit seiner Kraft und mit Worten konnte er sich nicht wehren. Die fielen ihm schwer, sehr schwer. Was das anging, war er wirklich noch ein Junge. Einer der sofort ausflippt, der zuschlägt, wenn er sich nicht mehr wehren kann. Der einfach wegläuft und brüllt.

Seit etlichen Jahren war seine Mutter mit dem Jozef zusammen. Und jetzt sollte das eskaliert sein. Der einzige Grund war das Geld. Die verkauften Bauplätze. Das Geld für den Jozef. Das musste er mitbekommen haben. Er passt den Jozef nachts ab. Er hat ja ab und zu beim Bach gearbeitet. Also wusste er, dass der Pole sein Runde drehte vor dem Schlafengehen. Er hörte ihn, wenn er seine Mutter verließ. Am Gärfass hat er ihm aufgelauert. Er schlägt zu. Vielleicht haben sie auch zuerst diskutiert. Möglich war das alles. Also doch Mord? Kendzierski atmete tief durch. So weit war er schon einmal. Das Resultat war schmerzlich gewesen. Peinlich für ihn. Die Neumer würde dann auch noch ihren Sohn verlieren. Einen Mörder.

Sein Handy klingelte. Zurück aus den Gedanken. Wo war das Ding?

„Ja?“

„Hallo, Kendzierski. Hier ist Schmahl.“

„Woher haben Sie meine Handynummer?“

„Sie haben mir doch eine SMS geschickt, um unsere Verabredung abzusagen. Deswegen bin ich Ihnen zwar immer noch böse. Aber ich werde es Ihnen nicht nachtragen. Was meinen Sie, wo ich gerade bin?“

Jetzt erst merkte Kendzierski, dass Schmahl flüsterte. Im Hintergrund war eine Stimme zu hören. Undeutlich, verzerrt. Kendzierski war genervt. Er wollte seine Ruhe haben, sich auf den heutigen Abend vorbereiten.

„Ich habe keine Lust auf ein Ratespielchen. Außerdem habe

ich Feierabend. Zumindest so lange, bis der Verbandsgemeinderat heute Abend tagt."

„Ich weiß. Wir werden uns da heute Abend bestimmt sehen. Ich bin hier aber gerade bei einer Sache, die Sie eher privat interessiert." Kendzierski merkte, dass er seinen Pulsschlag plötzlich spürte.

„Sind Sie noch dran?"

„Ja, verdammt. Was wollen Sie von mir, Schmahl?"

„Ich bin bei der Pressekonferenz der Kriminalpolizei. Es geht um den toten Polen, den Sie bei dem Winzer gefunden haben. Ich habe gehört, dass Sie sich dafür interessieren."

Kendzierski hielt die Luft an. Er traute sich nicht zu atmen.

„Es ist ungewöhnlich, dass die Polizei wegen einer solchen Sache einlädt. Und ungewöhnlich ist außerdem, dass sie das an einem Freitagnachmittag macht. Aber es muss wohl Gerüchte gegeben haben, die man möglichst noch vor dem Wochenende aus dem Weg räumen will."

„Macht das der Wolf?"

Kendzierski merkte, dass er auch flüsterte. Es hörte ihn doch ohnehin keiner. Im Innenhof war es noch immer menschenleer. Alles spannte sich an in ihm. Wahrscheinlich hätte er gar nicht mehr viel lauter reden können.

„Der hat gerade angefangen. Erst hat der Pressechef ein paar allgemeine Worte von sich gegeben. Aber da war nichts Brauchbares dabei. Der Wolf erläutert gerade, was sie am letzten Freitag am Tatort vorgefunden haben. Verstehen Sie ihn?"

Kendzierski hörte ein Rauschen. Eine undeutliche Stimme, deutlicher. Er erkannte Wolfs Stimme, konnte aber nicht verstehen, was der sagte. Schmahl schien das Telefon in Richtung des Sprechenden zu halten. Verdammt noch mal, er verstand nichts. Nichts!

„Ich kann nichts verstehen."
„Was?" Schmahl hatte das Telefon wieder am Ohr.
„Ich kann da nichts verstehen."
„Dann muss ich Ihnen die Zusammenfassung aus zweiter Hand liefern. Der Wolf beschreibt die Verstümmelungen der Leiche. Eingedrückter Brustkorb, gebrochene Rippen. Rechte Hand abgetrennt. Ekelhaft. Schädelfraktur hinten. Zahlreiche weitere Zeichen von stumpfer Gewaltanwendung. Innere Verletzungen. Alle Verletzungen lassen sich auf den Fundort der Leiche zurückführen. Sie hat etwa 10 Stunden in einem Gärbehälter für rote Maische gelegen. Vom Rührwerk darin mitgeschleift. Todeszeitpunkt gegen Null Uhr. Todesursache ist Ersticken, nach dem Sturz in die Maische. Der Mann war aber schon bewusstlos, als er in das Fass fiel. Die Gärgase haben ihn ohnmächtig werden lassen. Die heißen Gärgase stauen sich in dem Behälter. Wenn der Deckel geöffnet wird, rauschen die nach oben raus. Da bleibt keine Luft zum Atmen. Schnelle Bewusstlosigkeit ist die Folge. Ein Unfall, ganz sicher. Das war alles, Kendzierski. Der Wolf ist fertig mit seinem Bericht."
„Können Fragen gestellt werden?"
„Das ist wohl nicht vorgesehen. Der Pressechef verabschiedet sich schon. Ein schönes Wochenende. Soll ich nachhaken?"
„Fragen Sie ihn, was es mit dem Paddel auf sich hat, das sie beim Bach sichergestellt haben. Ob das als Tatwaffe in Betracht kommen kann."
„Was für ein Ding? Glauben Sie an einen Mord, Kendzierski?"
„Fragen Sie nach dem Paddel, schnell, bevor die alle weg sind. Vor allem der Wolf."
Kendzierski hörte Schmahls Stimme. Es wurde leiser auf

der anderen Seite der Leitung. Nur Schmahl war zu hören. Stille. Kendzierski war froh, dass er die bohrenden Blicke Wolfs nicht ertragen musste. Der würde ihm den Kopf eigenhändig abreißen, wenn er das hier mitbekam. Sein Atem ging schnell. Er versuchte sich zu beruhigen. Wie sollte das gehen? Es war immer noch still. Jemand redete. Es war wieder Schmahl. Seine Stimme.

„Können Sie denn einen Mord definitiv ausschließen?"

Stille. Unruhe. Jemand redete. Es war nichts zu verstehen. Verdammter Mist. Er gab sich alle Mühe. Hielt die Luft an. Es half nichts. Stimmen. Sein Herz pochte. Es rauschte bei jedem Herzschlag in seinem Ohr. In dem Ohr, das er an sein Handy presste. Undeutliches Gemurmel, verzerrt, alles eins. Das dauerte schon ewig. Was machte der Schmahl denn noch? Es klang nach Durcheinander. Mehrere Stimmen. Vorne, hinten. Dann verschwommen. Ruhe. Verdammte Ruhe. Ein Rauschen, Knacken, dann war nichts mehr zu hören. Tuten. Die Verbindung war weg. Hatte der Schmahl ihn weggedrückt?

Er saß vor seinem Glas und blickte sich um. Es war noch immer ruhig. Kein Mensch zu sehen. Sollte er den Schmahl jetzt anrufen? Der war bestimmt noch beim Nachfragen, Zuhören. Das würde jetzt nur stören. Hoffentlich bohrte der richtig nach. So hartnäckig, wie der hinter ihm her gewesen war.

Vorübergehend nicht erreichbar. Mehrmals versuchte er das. Nichts. Es half alles nichts. Der Schmahl war nicht zu bekommen. Was machte der denn? Wie lange dauerte das schon? Dieses unendliche Warten.

Er schaute vor sich auf den Tisch. Das Glas Wein stand noch da. Er nahm einen Schluck. Es war ihm nicht nach genießen. Er trank den Rest auf einmal. Hinunter damit.

Verdammte Warterei. Der Schmahl kam hoffentlich nicht auf die bescheuerte Idee, ihn bis heute Abend schmoren zu lassen. Wir sehen uns ja später. Ich berichte dann. Bloß nicht!

Immer noch kein Durchkommen. Kendzierski legte einen Fünf-Euro-Schein auf den Tisch und stellte sein leeres Glas darauf.

Er musste zurück, nach Hause. Duschen, Umziehen, der Anzug rief. Mist, der war noch in irgendeiner Kiste. In welcher? Keine Ahnung. Er lief los.

Dreimal noch probierte er es über die Wahlwiederholung. Der hatte sein Telefon ausgeschaltet. Konnte der sich nicht vorstellen, dass er hier auf heißen Kohlen saß? Wenn nur nicht dieser beschissene Termin heute Abend wäre. Dieses Händeschütteln und der Rest. Er hasste es, vor vielen Leuten reden zu müssen. Dieses Gefühl, beim ersten Wort schon rot anzulaufen, zu glühen.

Hoffentlich war das mit zwei Sätzen getan. Nur vorstellen konnte er sich das nicht. Der Erbes war gesprächig. Alle, die er hier bisher kennen gelernt hatte, waren irgendwie gesprächig gewesen. Die Rheinhessen: Es dauerte erst ein paar Minuten, da waren sie maulfaul. Aber dann redeten sie eigentlich ganz gerne. „Das iss der Herr Kendsiäke, unser neuer Sheriff. Den hab ich von Dortmund hierher geholt zu uns. Liebä Kendsiäke, mir hamm uns ja so sehr auf Sie gefreut. Erzähle Sie mal e bissje von sich." Das konnte ja heiter werden heute Abend. Es graute ihm davor.

Zu Hause versuchte er es noch einmal. Wieder kein Erfolg.

Das machte der Schmahl absichtlich. Der wollte ihn quälen. Da war er sich ganz sicher. Der konnte was erleben. Er ließ lange warmes Wasser über sich laufen. Die Augen geschlossen. Die Tropfen prasselten auf seinen Kopf, tausendfach. Liefen an ihm herunter. Wärmend. Zum Abtrocknen musste er die Tür seiner engen Duschkabine öffnen. Die Luft, die hereinströmte, war eisig kalt. Die Schwellung an seinem Bein hatte nachgelassen. Alles war noch bunt verfärbt um die Bisswunde herum, bläulich-violett, grün, gelb. Es sah nach Besserung aus. Noch ein paar Tage. Hoffentlich.

Mit Unterhose und Unterhemd bekleidet, machte er sich auf die Suche nach seinem Anzug. Nach und nach durchforstete er Kiste für Kiste. Alle möglichen Klamotten fand er, aber keinen Anzug. Alle Kisten sahen gleich aus. Baumarktware. Keine war beschriftet. Er hatte sie ja eigentlich gleich ausräumen wollen. Mist. In einer der letzten Kisten fand er seinen Anzug. Hose und Sakko. Alles zerknittert. Das würde schon glatt werden, wenn er es ein paar Stunden anhatte. Bis dahin war aber der Verbandsgemeinderat vorbei. Er betrachtete sich im Spiegel. Er sah in diesem Aufzug irgendwie heruntergekommen aus. Edelpenner. Am Vorabend im Anzug eingeschlafen und gerade wach geworden. Eine Krawatte war beim besten Willen nicht aufzutreiben. Für eine intensivere Suche blieb jetzt keine Zeit mehr.

22

Er machte sich auf den Weg zurück zum Rathaus. Vielleicht war der Schmahl ja schon ein paar Minuten früher da.

Er ging durch das dunkle Foyer. Der Ratssaal befand sich im hinteren Bereich des Gebäudes. Einen langen schwach beleuchteten Flur musste er entlang. Am Ende sah er Licht. Da standen schon welche herum. Erbes war auch dabei. Er begrüßte ihn. Kendzierski schaute sich um. Der Schmahl war nicht zu sehen. Erbes stellte ihn den anderen vor. Mit allen Titeln, Ämtern und Parteibuch. Stadträte der verschiedenen Fraktionen. Die zehn Minuten bis zur Sitzung vergingen. Er tauchte nicht auf.

Erbes bat in den Ratssaal. Es ging los. Er begrüßte alle. Kendzierski war als Tagesordnungspunkt Nummer zwei dran. Es ging alles ganz schnell. Erbes erläuterte seine Aufgabengebiete. Die hatte man wohl aus verschiedenen Bereichen zusammengeklaubt, neu konstruiert. Es folgte Biographisches. Seine Stationen in der Dortmunder Stadtverwaltung. Ein Fachmann in Sachen Verkehrsplanung. Wir stärken unsere Kompetenzen. Der redete gern. Er musste nichts sagen. Gut so. Es ging alles recht zügig. Schneller, als er zu hoffen vermocht hatte. Noch zwei Punkte, dann folgte der nichtöffentliche Teil. Bausachen. Erbes verabschiedete ihn. Geschafft, draußen. Kendzierski atmete durch. Die ganze Sache hatte eine knappe Stunde gedauert.

Er suchte nach seinem Handy. In der Jackentasche. Wahlwiederholung. Endlich, es klingelte normal. Einmal, zweimal, dreimal.

„Hallo, Kendzierski." Schmahl klang gehetzt. Außer Atem.

„Wo sind Sie? Ich dachte, Sie kommen zum Verbandsgemeinderat."

„Bin auf dem Weg. Hört man das nicht. Wo sind Sie denn?"

„Ich stehe vor dem Ratssaal und warte. Ich warte auf Sie!"

„Bis gleich." Schmahl war weg. Kendzierski sah ihn gleich darauf um die Ecke kommen. Er bog in den langen Flur ein und kam direkt auf ihn zu. Gehetzt. Das Handy hielt er noch in der Hand.

„Warum sind Sie nicht zu erreichen?" Kendzierski musste sich bremsen. Er hätte am liebsten losgewettert. Gemotzt und geschimpft. Aber noch wirkte bei ihm die Erleichterung nach über das schnelle Ende der Sitzung. Das stimmte ihn milde. Außerdem war der Schmahl ja jetzt da.

„Sie sind mir eine Erklärung schuldig, Kendzierski." Schmahl schaute fragend. Auffordernd.

„Was soll das mit dem Paddel? Meinen Sie, dass der Pole ermordet wurde?"

„Ich weiß es nicht. Diese ganze Sache hat mich vollkommen durcheinander gewirbelt. Als ich den armen Kerl am Freitag gesehen habe, dachte ich, dafür muss es einen Schuldigen geben. Ich wollte nicht an einen Unfall glauben. Wer steigt denn auf einen solchen Behälter, hängt sich da mit dem Kopf drüber und wartet, bis er hineinfällt? Ich wollte das nicht wahrhaben. Das wäre ja alles nicht so schlimm, wenn die Kripo sich ordentlich um diesen Fall gekümmert hätte. Aber für den Wolf war das immer nur ein Unfall. Jede andere Möglichkeit hat der von Anfang an ausgeschlossen. Ich weiß nicht, was ich zur Zeit glauben soll. Der Bach hat dann ein Paddel gefunden. Das sind diese Dinger, die die Maische durchrühren. Irgendjemand hat es in ein anderes Fass geworfen. Da kamen diese Gedanken wieder hoch. Jemand könnte doch dem Polen von hinten mit diesem Paddel auf den Kopf geschlagen haben. Dadurch ist er dann bewusstlos geworden und in das Fass gefallen."

„Das klingt unwahrscheinlich. Ganz ehrlich."

„Natürlich klingt das unwahrscheinlich. Bei einem Toten im Keller denkt hier jeder gleich: Das war ein Gärunfall. Für den Wolf war das schon sicher, noch bevor der die Leiche gesehen hatte."

„Jetzt endlich verstehe ich auch, warum ich gerade den Wolf dazu befragen sollte."

„Der hat das Paddel sichergestellt und untersuchen lassen."

„Sie haben keine Spuren daran gefunden. Der hat ganz schön komisch geschaut, als ich mit der Frage kam. Zuerst wollten sie nichts dazu sagen. Die PK sei beendet. Fragen nicht vorgesehen. Das übliche. Dann hat der Wolf aber doch losgelegt. Es seien die wildesten Gerüchte im Umlauf. Mord und so weiter. Das sei Dorfgetratsche, ohne jede Grundlage. Die Fakten hätte er ja gerade auf den Tisch gelegt und die sprächen eine eindeutige Sprache. Ungewöhnlich vom Hergang. Bedauerlich. Aber letztlich sei es nur eine Frage der Zeit gewesen, bis so etwas mal passieren musste. Nicht mehr."

„Halten Sie das denn auch für so abwegig?"

„Darüber habe ich mir bisher noch gar keine Gedanken gemacht."

„Das glaube ich nicht. Als Journalist müssen Sie doch sofort an alle Möglichkeiten denken. Und ein Mord lässt sich doch ganz anders verkaufen."

„Wir sind hier nicht in der Großstadt, Kendzierski. Für mich war das bisher eine ganz klare Sache. Gärzeit, Keller, Tod. Das passt zusammen. Diese Verbindung stellt mein rheinhessisches Gehirn von ganz alleine her. Aber vielleicht ist das ja ein Fehler. Ein Fehler, den hier jeder begeht."

„So weit war ich auch schon mal. Aber dann kamen Sie! Durch Ihre soziologischen Theorien bin ich erst wieder zu der Sache zurückgekommen. Gehen wir zum Grass? Auf ein Glas Wein?"

Es wurde ein ausgiebiger Abend. Lange hatten sie beim alten Grass gesessen. Kendzierski hatte Schmahl von seinen privaten Ermittlungen berichtet. Bis ins Detail. Zum ersten Glas Weißwein. Mit jedem weiteren waren sie einen größeren Schritt abgekommen von dem toten Polen. An das Gespräch konnte er sich nur noch in Bruchstücken erinnern.

Einzelne Fetzen. Vielleicht lag es ja auch nur an der kurzen Nacht. Er brauchte einfach mehr als vier Stunden Schlaf. Bei jeder Bewegung bereute er, nicht auf Wasser umgestiegen zu sein. Das hätte der Schmahl wohl kaum zugelassen. Eigentlich war er gegen elf zum Aufbruch bereit gewesen. Dann hatte ihn der Journalist zur Weinprobe überredet und er hatte mitgemacht. Das war sein Fehler gewesen. So viel durcheinander. Immer wieder hatte der alte Grass einen neuen Wein gebracht. Schmahl erzählte Anekdoten dazu. Jeder Wein hatte seine Geschichte, wurde lebendig durch die Beschreibungen. Es war verblüffend. Der Schmahl kannte sie anscheinend alle. Alle Weine, alle Winzer, jeden Weinberg. Er schmeckte das heraus, was ihm Schmahl beschrieb. Die Unterschiede zwischen zwei Rieslingen, die dieser auf den Boden zurückführte, auf dem die Reben wuchsen. Den Stil einzelner Winzer, die ihrem Wein eine eigene Handschrift verliehen, ihn unverwechselbar machten. Das waren die Dinge, an die er sich am Morgen danach noch erinnern konnte. Unter Schmerzen.

Allein die Menge war für ihn nicht zu bewältigen gewesen. Das verrieten ihm die rot unterlaufenen Augen und die dunklen Ringe, die sie umgaben. Er stand lange vor dem Spiegel in seinem Badezimmer und schaute auf sein Gegenüber. Es sah bemitleidenswert aus. Fertig. Er war dankbar für das freie Wochenende. Erbes hätte ihn mit seinem vorwurfsvollen Blick gestraft. Da war er sich ganz sicher. „Kendsiäke, Kendsiäke, was mache Sie bloß für Sache?“

Nur langsam kam er mit dem Anziehen voran. Sein Gleichgewichtssinn war noch zum Teil außer Kraft. Er musste sich ständig irgendwo festhalten. Am Waschbecken, an der Wanne. Beim Anziehen der Unterhose, der Jeans und der Socken. Seine Wade hatte sich grünlich verfärbt. Der Schmerz war weg. Oder noch betäubt. Er musste heute unbedingt eine Waschmaschine laufen lassen. Der Blick in seine Kleiderkiste ließ keine Ausrede mehr zu. Der braune Kartonboden war nur noch von ein paar Socken notdürftig bedeckt. Zwei Einzelstücke waren auch noch darunter. Genug für ein Wochenende in der Wohnung. Er musste aber raus, zumindest noch etwas einkaufen. Einmal Grundversorgung. Wieder in den verdreckten Pullover. Der roch nach Kneipe, kaltem Rauch. Er ekelte sich.

Durch das Fenster kam nur die Trostlosigkeit des Herbstes. Alles grau, Regen. Es wurde gar nicht richtig hell

Zwei Zeitungen, Sofa. Zu mehr würde er heute nicht in der Lage sein. Die Kisten konnten ruhig noch einen Tag warten. Seine Jacke lag im Flur auf dem Boden. Die lederne Schlaufe, die sie am Haken halten sollte, war abgerissen. Wahrscheinlich hatte er sich an der Jacke festhalten müssen, als er heute früh seine Schuhe auszog. Das rote Blinklicht seines Anrufbeantworters leuchtete unregelmäßig auf. Jetzt oder später, nach dem Einkaufen?

Kendzierski zögerte. Dienstlich konnte das ja wohl kaum sein. Aber wer sollte ihn schon hier anrufen? Etwas hielt ihn ab, ließ ihn verharren, starr. Eine Ahnung stieg in ihm auf, dass das nichts Gutes bedeuten konnte. Langsam bewegte sich sein Zeigefinger auf die große rote blinkende Taste. Es knackte, spulte, dauerte unheimlich lange. Rauschen. Schweres Atmen.

„Herr Kendzierski, ich muss mit Ihnen reden. Kommen Sie schnell, ich halte das nicht mehr aus. Er ist verrückt geworden."

Pochend schoss heißes Blut in seinen Kopf. Er krümmte sich. Ein stechender Schmerz. In seiner Brust. Es war die Stimme von Bachs Frau gewesen. Verdammt. Warum?

Er rannte los. Wo war sein Wagen? Sein Kopf schmerzte? Das dauerte ihm viel zu lange. Wo war das verdammte Auto? Hier stand es doch immer. Kendzierski lief die Straße entlang. Nichts. Mist. Hier hatte er gestern keinen Platz gefunden. War noch zwei Straßen weiter gefahren, suchend. Alles voll. Das leidige Problem. Abends, wenn alle Autos hier herumstanden.

Er fand seine Kiste. Sie war nicht einmal abgeschlossen. Das dauerte. Starten, das Herausmanövrieren aus der engen Lücke. Vor ihm stand ein verbeulter Kastenwagen in Mint. Chiara und Kevin-Justin waren an Bord. Jetzt gerade wohl nicht.

Er war raus. Einen klaren Gedanken konnte er nicht fassen. Er hatte nicht einmal mitbekommen, von wann der Anruf war. Gestern, irgendwann in der Nacht, als er beim Grass gesessen hatte? Heute früh, als er seinen Rausch ausgeschlafen hatte? Keine Ahnung.

Was suchten die alle auf der Straße? Im Nieder-Olmer Gewerbegebiet gab es einen großen Supermarkt. Die Völkerwanderung dorthin. Er sollte auch einer von ihnen sein. Auf dem Weg zum Wochenendeinkauf. In den Kreiseln ging es unendlich langsam voran. Alles stockend. Alte Männer, die nur am Samstag ihren Wagen aus der Garage holten, um zum Einkaufen zu fahren. Die hatten doch die ganze Woche über alle Zeit der Welt. Aber sie mussten sich unbedingt in das Wochenendgetümmel stürzen. Zeternd, überfordert. Endlich frei. Er beschleunigte so schnell, wie es der Skoda zuließ.

Der Regen prasselte stärker auf das Autodach. Blechernes Getrommel. Was war mit dem Bach bloß los? Warum hatte er ihn eigentlich nie richtig befragt? Der hat so ganz normal weitergearbeitet. Keine Ahnung. Keine Idee. Keine Spur. Sein

Kopf schmerzte noch immer, als er das Ortsschild hinter sich ließ. Essenheim. Bei dem Regen musste der Bach eigentlich zu Hause sein. Im Keller oder sonst wo, aber nicht im Weinberg.

Der große Innenhof des Weingutes war leer. Kein Mensch. Alle Scheunentore verschlossen. Wo sollte er hin? Schnell raus. Hier hatte er mit dem Bach an dem Vormittag gesessen, nachdem sie den armen Kerl aus der Kelter geholt hatten, unter der Linde bei einem Schnaps.

Sie kam ihm entgegen. Bachs Frau. Ihre Augen waren rot, tief eingefallen. Sie hatte geweint.

„Endlich sind Sie da. Ich weiß nicht, was ich machen soll."

„Was soll das? Ich verstehe das nicht?"

„Er ist vor ungefähr einer Stunde weggefahren, in schrecklichem Zustand."

„Verdammt wohin?"

Er war zu laut. Er hatte das fast gebrüllt. Sie zuckte zusammen.

„Seit er das Paddel gefunden hat, merkte ich, dass irgendetwas mit ihm nicht stimmte. Der war so anders. Abwesend. Ich musste ihn drei-, viermal ansprechen, bevor er reagierte. Den Petr hat er gestern alleine im Weinberg stehen gelassen und ist mit dem Auto weg. Der arme Kerl ist abends um acht zu Fuß nach Hause gekommen, weil er ihn nicht abgeholt hat. Heute Nacht ist mein Mann erst ganz spät zurückgekommen. Nichts wollte er sagen. Ich habe ihn immer wieder gefragt. Er ist so verstockt, wenn ihn etwas bedrückt. Das frisst er in sich hinein. Kein Wort bekomme ich aus ihm heraus. Dann noch der Regen dazu. Wir können nicht ernten und die Trauben faulen immer mehr. Heute war er schon ganz früh wieder unterwegs. Dann im Keller. Er hat an den Rotweinbehältern herumgeräumt. Ich bin ihm hinterher. Er suchte irgendetwas. Ich glaube, er weiß mehr. Ich mache mir solche Sorgen."

Tränen rannen aus ihren Augen. Ihre Hände zitterten. In der rechten hielt sie krampfhaft ein weißes Taschentuch fest. Einen weißen gepressten Klumpen. Er verstand das nicht. War der Bach auch auf eine Spur gestoßen, die zum Neumer führte? Oder gab es da noch etwas, was er die ganze Zeit übersehen hatte?

„Was kann er denn wissen?"

Es war mehr eine Frage an sich selbst. Bachs Frau schwieg. Sie stand schluchzend vor ihm.

„Ist er mit dem Wagen weg?"

„Ja."

Zur Neumer oder ins Kühlhaus? Kendzierski rannte los. Irgendwo musste er ja schließlich anfangen. So schnell es seine Knochen zuließen, hetzte er die Straße entlang. Das letzte steile Stück zum Hof der Neumer hinauf. Spitz fuhr ein Schmerz in seinen Brustkorb. Er war das nicht gewöhnt. Das Tor war verschlossen. Die Klingel. Er hielt seinen Daumen darauf. Es dauerte. Nichts. Ein Knacken, Rauschen.

„Frau Neumer, wo ist Ihr Sohn?"

Der Türöffner summte. Kendzierski stieß die Tür auf.

„Was ist los?"

Die Neumer stand auf der obersten Stufe ihrer Treppe und starrte ihn entgeistert an.

„Er wollte heute Morgen wieder nicht zur Arbeit. Es ist immer dasselbe. Die ganze Nacht dröhnt es aus seinem Zimmer. Heute früh habe ich versucht, ihn zum Aufstehen zu bewegen, aber er hat mich rausgejagt. Angebrüllt."

„Wo ist er jetzt?" Er klang ungeduldig.

„Wo soll er sein. Der liegt oben in seinem Bett. Er hat sich eingeschlossen. Es dröhnt aus seinem Zimmer. Das macht er immer, damit ich ihn nicht rufen kann. Damit er mich nicht hören kann. Den Job im Kühlhaus kann er vergessen. Die haben schon zweimal angerufen: Wo bleibt denn Ihr Sohn?"

„War der Bach hier?"

„Der Bach? Nein, was soll der denn hier?"

Verdammter Mist. Er verstand das alles nicht. Irgendetwas musste der Bach herausgefunden haben, und er hatte nicht die leiseste Ahnung, was das war. Sollte er der Neumer von seinem Verdacht gegenüber ihrem Sohn erzählen. Jetzt und hier? So ein Quatsch. Er rieb sich die Augen. Sie brannten. Es war mühsam, einen klaren Gedanken zu fassen. Es stockte alles. Er kam nicht weiter.

Er musste den Bach finden. Ohne den ging es nicht weiter. Der kannte den Mörder. Er war sich sicher. Was würde der denn mit ihm machen? Er traute dem Bach alles zu, wenn der durchdrehte.

„Wo kann der Bach sein? Was macht der bloß?"

Sie schaute ihn fragend an.

„Den Bach habe ich vorhin gesehen. Der ist mit seinem Auto an mir vorbeigefahren, als ich auf dem Weg zum Metzger war. Das war im strömenden Regen."

„Wann war das?"

„Vor einer Stunde oder vor anderthalb."

Kendzierski tastete nach seinem Handy. In der Jackentasche steckte es. Halb elf.

„Wo kann er da hingefahren sein?"

„In seine Weinberge bestimmt nicht. Das hat viel zu stark geregnet."

Der konnte überall sein. Ohne eine Spur. Er spürte die Müdigkeit. Drückend schwer lag sie auf ihm. Er wollte einfach nur in sein Bett. Schlafen. Freie Gedanken. Keinen Toten mehr in seinem Kopf. Ruhe.

„Der Bach hat vor ein paar Jahren eine große Lagerhalle am Ortsrand gebaut. Da hat der seinen abgefüllten Wein liegen. Wenn er nicht in die Weinberge kann, ist er häufig dort. Mein Sohn hat ihm da schon beim Etikettieren geholfen."

„Wo ist das?"

„Am oberen Ortsausgang, gleich rechts, bevor die Weinberge anfangen."

Das war zumindest eine Möglichkeit. Er musste doch irgendwo weitermachen. Er rannte zurück zum Weingut. Bachs Frau stand noch immer vor dem Hauseingang im Regen.

„Gehen Sie bitte rein. Ich fahre ihn suchen."

Er drückte ihr seine alte Dortmunder Visitenkarte in die Hand.

„Zumindest die Handynummer stimmt noch. Wenn Ihr Mann zurückkommt, geben Sie mir Bescheid."

Er verließ den Hof und fuhr durch die engen Gassen. Nach den letzten Häusern bog er rechts in einen ausgefahrenen Feldweg. Tiefe Wasserlöcher reihten sich aneinander. Es war mühsam, voranzukommen. Immer wieder drehten die Reifen im tiefen Schlamm durch. Es ging einfach nicht schneller.

Die Lagerhalle war von hohen Sträuchern dicht umwachsen. Das rote Blechdach war aus der Ferne deutlich zu erkennen. Vor einem großen grauen Tor stand Bachs Wagen. Kendzierski atmete tief durch. Ein zweites Auto stand daneben. Ein blauer Ford Transit mit polnischem Nummernschild.

„Scheiße."

Er sprang aus seinem Auto und stürmte zum Hallentor. Der Motor lief weiter. Alles war verschlossen. Er rüttelte am Tor, klopfte, hämmerte mit seinen Fäusten. Brüllte etwas. Kein Laut. Erst jetzt merkte er, dass sich einige Meter weiter eine graue Metalltür befand. Ein Schlüssel steckte von außen. Kendzierski drückte vorsichtig die Klinke nach unten.

Abgeschlossen. Er drehte den Schlüssel. Offen. Langsam schob er sich durch den schmalen Spalt. Es war still. Das monotone blecherne Trommeln der Wassertropfen war zu hören. Der Innenraum war hell erleuchtet. Die Halle gefüllt mit metallenen Boxen. Weinflaschen in riesiger Zahl. Bis unter die Decke. Rechts neben der Tür standen etliche kleine Weinbergsgeräte, ein kleiner Traktor, ein Stapler stand quer im Weg. Der Motor lief, knatternd unruhig. Grobe Holzscheite lagen auf dem Boden verstreut. Verpackungsmaterial türmte sich entlang der Wand. Mehrere Paletten übereinandergestapelt. Eine war umgestürzt. Kartons lagen überall verstreut. Weingut Bach war in schwarzer Schrift aufgedruckt. Chaos und Durcheinander. Kendzierski kletterte über den Kartonhaufen. Eine Metallbox lag umgestürzt da. Dunkle Flaschen verstreut, Glasscherben überall. Es roch nach Rotwein, nach Kampf. Was war hier los gewesen? Kendzierski war auf alles gefasst. Krampfhaft ballten sich seine Fäuste. Seine Fingernägel gruben sich tief in seine Handflächen. Es war so still. Alles um ihn herum sah nach tosendem Lärm aus. Die Stille passte nicht dazu. Rufen? Er brachte keinen Ton heraus. Seine Stimme versagte ihren Dienst. Ein Krächzen, das von den Weinflaschen verschluckt wurde.

Ich muss hier raus. Ich halte das nicht mehr aus. Nicht alleine. Er rannte los, stürzte über den Haufen Kartons. Auf allen vieren, krabbelnd, schnell, nach draußen. Luft. Regentropfen trafen sein Gesicht. Er hörte den Motor seines Wagens. Stand jetzt auf, suchte sein Handy, rief die Mainzer Polizei an.

Er ging an der Halle entlang, an den Sträuchern vorbei, zur Rückseite.

Im ersten Moment zuckte er zusammen. Wollte sich wegducken. Mit dem Rücken zu ihm gewandt, saß da in einiger

Entfernung auf einem Steinhaufen eine Person. Im strömenden Regen. Das Gesicht in den Händen vergraben. Kendzierskis Herz pochte laut.

Es war Bach, der da saß. Er erkannte ihn. Langsam ging er zu ihm hin. Der reagierte nicht. Saß da. Keine Regung. Der Regen lief an ihm herab. Tropfte von seiner durchweichten Jacke ins Gras. Die Haare klebten am Kopf fest. Kendzierski atmete tief durch. Er spürte die Erleichterung.

„War er es?"

Bach nickte.

Kendzierski setzte sich neben ihn. Einige Zeit saßen sie da zusammen. Schweigend.

„Als ich dieses Paddel in meinem Gärfass hängen sah, wusste ich, dass es Mord war. Es gab keine andere Möglichkeit mehr für mich. Wie hätte das sonst da hineinkommen sollen? Das gehörte da nicht hinein."

Bach sah ihn aus geröteten Augen an. Seine rechte Augenbraue war dick angeschwollen. Aus einer klaffenden Wunde rann Blut, das sich mit dem Regen mischte. In einem feinen Rinnsal lief es an seiner Wange herunter.

„Gestern habe ich dann gemerkt, dass sich jemand an meinen Fässern zu schaffen gemacht hatte. An zwei großen Weinbehältern fehlten die Verschlussschrauben. Abgedreht. Von da an wusste ich, dass das auch etwas mit mir zu tun hatte. Da wollte mir jemand eine Lektion erteilen. Unbemerkt zehntausend Liter Most auslaufen lassen. Das galt nicht dem Jozef. Das galt mir. Der Jozef hat die Leute vom Czarnowski dabei überrascht. Bei seinem Rundgang um Mitternacht. Bevor die die Sicherheitsklappen an den Fässern aufmachen konnten. Deshalb musste er sterben. Das war kein Unfall. Die haben ihn in das Fass geworfen."

„Wie sind Sie auf den Czarnowski gekommen?"

„Der Czarnowski hat den Jozef erpresst."
„Was?"
„Das hat der Jozef mir vor ein paar Wochen erzählt. Der Czarnowski wollte Geld von ihm. Der hat ihn eiskalt erpresst: Er hat damit gedroht, Jozefs Frau von seinem Verhältnis mit der Neumer zu erzählen. Eigentlich hätte er Jozef dankbar sein müsssen. Der hat ihn damals gedeckt. Die Schiebereien mit den gestohlenen Elektrogeräten, Czarnowski war der Kopf. Er hat das alles organisiert. Jozef ist für die ganze Bande in den Knast gegangen. Dafür haben sie ihn dann in Ruhe gelassen. Der Czarnowski hat aber jetzt mitbekommen, dass der Jozef von der Neumer Geld erhalten sollte. Da bin ich mir ganz sicher. Das hat sich herumgesprochen unter den Polen. Da hat den Czarnowski die Gier gepackt. Der wollte mitverdienen. Mich hat das so rasend gemacht: Ich habe den Czarnowski angerufen und ihm gesagt, dass er damit nicht durchkommt. Das ist aber schon so viele Wochen her. Ich dachte, es wäre damit erledigt."
„Aber das muss doch nicht der Czarnowski gewesen sein?"
„Da habe ich zuerst auch gar nicht dran gedacht. Es war doch ein Gärunfall. Aber dann das Paddel, die offenen Fässer. Die Tür hinten am Kelterhaus war aufgebrochen. Das Vorhängeschloss war weg. Dadurch sind sie reingekommen in der Nacht. Ich habe die ganze Scheune auf den Kopf gestellt, alles durchsucht. Es gab keinen Hinweis, keine Spur. Die hatten keinen Fehler gemacht. Nichts war zu finden. Ich konnte mir nicht vorstellen, dass die einfach so spurlos verschwinden können. Morden und weg, ohne etwas zu hinterlassen. Das sind doch keine Profis. Verdammt, irgendwie mussten die ja hierhergekommen sein. Hinter der Scheune geht es hinaus durch die Gärten bis zum Friedhof. Da führt ein Trampelpfad hin und dort ist auch ein kleiner Parkplatz.

Ich habe hinter jeden Busch geschaut. Die mussten doch ein Auto abstellen, dort kommt nachts keiner hin, das ist der beste Platz. Keine Häuser drum herum. Da habe ich dann einen Schlüsselbund gefunden. Den musste einer verloren haben. Auf der Flucht, die nach dem Mord bestimmt nicht mehr so ruhig und überlegt abgelaufen ist. Um sicher zu gehen, bin ich mit den Schlüsseln nach Mainz ins Gewerbegebiet gefahren. Die passten an Czarnowskis Halle. Er war das. Er und seine Schläger."

Sie schwiegen beide. Tropfen fielen.

„Wie haben Sie ihn hierherbekommen?"

„Er hat mich vor etwa einer Stunde angerufen. Wahrscheinlich hat er kalte Füße bekommen, nachdem er seine Schlüssel nicht mehr finden konnte. Er wollte einfach mal ausloten, was ich weiß. Der war panisch, richtig nervös am Telefon. Wollte die Erpressung klein reden. Er hatte die Hosen voll, ganz einfach. Ich habe mich mit ihm bei meiner Lagerhalle hier verabredet. Ich hatte einfach Angst um meine Frau. Ich wollte nicht, dass noch mehr passiert."

„Liegt er dort drinnen?"

„Ja."

„Lebt er noch?"

Bach schaute ihn entgeistert an.

„Was denken Sie von mir? Ich spiele nicht den Rächer. Auch wenn ich Lust dazu gehabt hätte. Der ist sofort aggressiv geworden. Hat mich herumgeschubst. Wollte mich einschüchtern. Ich habe ihm gesagt, dass die Polizei seinen verdammten Schlüssel hat. Dann ist er durchgedreht. Er ist mir hinterher, mit den Holzscheiten. Aber in meinem Lager hatte er keine Chance. Zwischen den Gitterboxen, den Flaschen konnte ich ihm ausweichen. Mit dem Stapler wollte er mich über den Haufen fahren. Dieser Idiot. Hat Boxen voller

Weinflaschen umgerannt. Ich weiß nicht, wie viele Flaschen von meinem Spätburgunder er dabei ruiniert hat. Das werde ich ihm nie verzeihen. Ich habe ihn zwischen zwei Boxen eingeklemmt. Das ist sicher schmerzhaft. Vielleicht hat er jetzt auch einen gebrochenen Fuß, aber sterben kann man so nicht.“

Auf Bachs Gesicht war ein triumphierendes Lächeln zu erahnen. Nur ganz kurz war es da.

Kendzierski fühlte, wie langsam Ruhe in ihm einkehrte. Er genoss den kühlen Regen auf seinem Gesicht.

Kendzierski hörte, wie Wagentüren geöffnet und zugeschlagen wurden. Schwerfällig erhob er sich und ging, vorbei an drei Streifenwagen, zu seinem Wagen. Der Motor lief noch immer. Er nickte Wolf zu.

Langsam fuhr er aus Essenheim heraus. Kurz vor einer kleinen Brücke, die über einen schmalen Bach führte, bog er in einen Feldweg ein. Auf einem braunen kleinen Schild war, von einem Strauch verdeckt, der Name des Baches zu erkennen: Selz stand auf dem Schild. Kendzierski stieg aus seinem Auto. Der Regenschleier war dünner geworden. Kleine feine Tropfen fielen auf ihn nieder. Er ging langsam den Weg entlang. Die kleinen Pfützen, die er mit jedem Schritt aufwühlte, nahm er kaum war.

Er versank ganz langsam in einer unendlichen Leere.